以身体为炉，诗句在火焰中升温

——黄文华诗歌印象

黄成松

青年诗人黄文华的首部诗集《流年心灯》即将付梓，嘱我写点评论文字。尽管我曾经也算一位文学评论工作者，在文学评论工作上自以为取得了些许成绩，甚至现在还兼任贵州某市文艺评论家协会副主席，但说来惭愧，这些年由于行政事务缠身，鲜有时间去做文学评论工作，已不在文学评论的“现场”多年，接手这么一个光荣却艰难的任务，实在惶恐得很。既然文华不弃，我就姑且当仁不让，权当抛砖引玉了。

《流年心灯》是文华20余年的诗歌创作总结。全书分为六卷，分别为“诗神的灯盏”“沉默的隐语”“彩虹的证言”“生命的灵犀”“流年的梦呓”“低处的独吟”，主题鲜明，编排考究，令人印象深刻。在我看来，这是一部古典气息浓郁，且极具现代哲思的诗集，特别是诗人对古典意象的挖掘与再造，诗歌中呈现的古典诗意与美感、现代性思考及视野更是值得我们关注。

一、古典意象的挖掘与再造

在中国古老的诗歌传统中，自《诗经》《楚辞》起，香草美人、梅兰竹菊、风霜雪雨等意象构建了古典诗词的象征体系并营造了典雅之境。自民国以降，尽管汉语经历

了白话文运动的改造和变迁，但古典意象并没有因此消失，它们仍然是现当代作家最热衷的表达，被写入了现代小说、散文或诗歌，以现代汉语的方式重塑古典美。文华的诗歌创作，就是以现代书写的形式，对中国古典诗词中的经典意象进行了深入挖掘和再造，并赋予其现代情感和诗思，形成了独特的文本。

“梅花”“白莲”“杜鹃”“桐花”“桂花”“红豆”“野草”“蝴蝶”“瘦马”“兰舟”“曲径”“秋千”“彩虹”“夜雨”“弱水”“花田”等古典意象在文华的诗歌中俯拾皆是，乍看上去，花鸟虫鱼、山川草木，琳琅满目、丰厚博大。我注意到，第一辑开篇的诗歌《梦的残骸》，诗人下笔就写到“梅花”，给读者呈现了一幅清冷旷远的梦中梅花的形象。《杜鹃·杜鹃》一诗，则是通过对“杜鹃花”和“杜鹃鸟”两个同名但却截然不同的古典意象进行阐释和解构，书写了一段少女在杜鹃花下守候归人，将士征战远方，归来化成啼血杜鹃，而少女变成杜鹃花的凄美传说。诗人借杜鹃花和杜鹃鸟的意象，凭吊历史，也传达了对现实的关切。

在中国的传统里，“桐花”通常被赋予“颠沛流离”或“物候流转”的寓意，桐花既是春景的“高点”，也是春逝的预示，文华在《桐花·凤》一诗中，一改“桐花”往日形象，而以守候者的姿态站立在春天的黄昏：“一朵桐花在高枝上翘首／等待一只桐花凤”，诗人通过“桐花”和“桐花凤”两个独立却又共生的意象，描写了一种难舍难分却注定不能厮守终生的情爱。此外，诗人在创作时，有些诗作的题目就直接引用或模仿宋词词牌名，比如，《蝶

恋花》《相思月》等，可见诗人对中国古典传统文化的发扬和偏爱。

二、古典的诗意与美感

诗歌是高雅的艺术，诗意与美感是诗歌最根本的特质。没有诗意的诗不是诗，更谈不上什么美感。中国古典诗词源远流长，千百年来，流传下来的诗词佳句如水墨画般充满诗情画意，无论是折柳送别、鸿雁传书，还是明月相思，无不渗透着古代文人的思想和感情，散发着意味深长的语言之美、意象之美、情感之美、意境之美和形式之美，带给无数中国人浪漫温柔的情感慰藉。文华的现代诗书写，很好地继承了中国古典诗词的书写传统，无论在意境、情感还是在形式上都洋溢着古典的诗意与美感。

意境之美。前面我们说到文华诗歌中的古典意象琳琅满目，这些丰富的意象构成了其诗歌中开阔深邃的意境，诗人通过对自然、人生、时光等的深刻描绘，勾勒出层次丰富的诗意画卷。“风搬走了云，碧空蔚蓝，阳光直透幸福的川流 / 爱长成芳草，绿满天涯”，这是明亮轻快、生机勃勃的意境；“在掩藏着绿叶之秘的林间 / 红色枫叶云霭般低垂 / 翠竹几竿摇着风讯 / 我低矮的小屋，檐角长着知风草 / 野葡萄藤爬上久有夕阳余温的扶栏”，这是颜色绚丽、静谧安详的意境。《大哉壮士志——白颈乌鸦》一诗，则营造了一幅险象环生，壮士却一往无前的壮烈场面，“仗剑行经苍莽天地 / 在黑暗里突围”，诵读这些诗句，让人热血沸腾。

情感之美。情感是诗歌文本与读者的共鸣之源。文华通过对生活琐事的感悟，将个体的情感融入抒情之中，使得诗歌不仅仅是一种艺术表达，更是一种情感的传递。翻阅《流年心灯》，读者不难发现文华对亲情、友情和爱情的珍视与思考。《500行诗：写给母亲》，全诗共二十六小节，详细记录了母亲遭遇车祸到医院就医的诸多细节，向我们描摹了一个命途多舛、疾病缠身、受尽痛楚的母亲形象，展现了儿女对母亲的挚爱和深切同情，叙事沉静却字字泣血，读来让人潸然泪下。“我不知道／是羲和的车驾惊动了悲哀的母亲吗？／是九个太阳在她身体里坠落／那般惊恐惶惑，绝望如同远古愚民？／激素药瓶搭建的阿鼻地狱／鬼魅的影子，在她眼中铺叠无数层／母亲是个孩子，怎么逃脱？／她开始绝望地舞蹈：／翻滚，抓挠，蹬踢，揉搓／呵欠，狂躁，呼唤，哭泣……／床是舞台，被子是道具／输液管是死婴的脐带／令她恐惧，她拼命将脐带拔出／台词只有一句：天哪，我心头难过得很呀！”这一节写母亲遭遇疼痛的场景，真实感人，读之令人惊心动魄。这部献给母亲的长诗，不仅写亲情，还对社会伦理、生产科技、人的思维和生存方式等进行了深入思考，是我近年来读到的叙写亲情的不可多得的优秀诗篇，我认为这部长诗是文华的诗歌创作生涯中最优秀的诗篇之一，会成为文华诗歌研究中无法绕开的重要诗篇。另一首《别母亲》的短诗，读之也让人感伤：岁月阴影下的母亲／冷却了吗？／铁火炉上／鲜玉米热气刚散／母亲轻嚼着依恋，还没咽下／眼泪就滚滚而落。我观察到，写爱情的诗篇在文华这

部集子中也有不少，《寄给九月的情诗》《弱水》《她来自海岸》等一系列诗歌集中体现了他对美好情感的追求和向往，展现了诗人真实生活的一个维度。

形式之美。诗的魅力，在于它具有富于美感的形式，这使它同散文、小说、戏剧等文体区别开来。诗歌的形式美，主要体现在诗的语言美和建筑美两个方面。我们先说语言美。诗歌是语言的艺术，是最精粹的、最精练的语言，是最美的语言。文华的诗歌语言隽永别致，凝练简洁。诗人写乌鸫，说“删除斑斓　只留下黑”，开门见山，直接把乌鸫的形象勾勒出来；诗人写夜晚，说“天被神力举得更高／星月提着灯盏漫游”，让人一看就知道是写夜晚。建筑美是诗歌的一大特征。它把建筑美的结构和音乐美的结构、视觉美的结构和听觉美的结构、空间美的结构和时间美的结构完美地编织成一体，最后构成一个整体统一的感受体，一个独一无二的世界和宇宙。一定程度上来说，对结构的把握更能体现出一个诗人对诗歌文体的驾驭能力。在诗歌文本建构方面，文华有自己独特的领悟和经验，总体呈现了自由灵动、快捷舒展等美学特点。试看《小小蝴蝶儿，你飞吧》：

小小蝴蝶儿，你飞吧
流水不哭泣的日子
飞向我心仪的那个春天
那个春天只有花落，没有人哭泣

小小蝴蝶儿，你飞吧
香樟树不讲话的地方
飞向我爱诗的那个春天
那个春天只有草长，没有爱疯狂

小小蝴蝶儿，你飞吧
云朵不停留的梦乡
飞向她转身的那个春天
那个春天只有回忆，没有谁忧伤

这首诗结构严谨对称，节奏舒缓灵动，读来朗朗上口，字里行间蕴含着诗人对蝴蝶的关切和对美好事物的呵护，很好地体现了诗人在诗歌形式探索上的美学追求。

三、继承古典传统的现代性思考

在中国百余年的新诗发展史上，细数值得回味与传诵的现代诗歌，都是那些继承了古典文学、诗学传统的诗歌，它们的题材、形象、意境、情调，都具有浓郁的东方特征，具有古典的诗意与美感。比如，徐志摩的《再别康桥》、戴望舒的《雨巷》、郑愁予的《错误》、张枣的《镜中》等，择取古典文学积淀的意象，不仅继承了本民族文化与古典诗歌的传统和精髓，更体现了对现实和个体的关照、关怀，使古典意象迸发出新机。文华的诗歌关注人生百态，游走于传统与现实之间，在作品中不仅抒发了对现实社会中的人或事的感悟与思考，还以独特的生命体验、诗性表达和

审美追求对个体的存在和命运作出了深切的现实关怀。

对个体的关注。一个诗人或作家，只有满怀深情地深入民众之中，关心底层民众的生活，关注身边人的个体命运，才能深刻地捕捉生活的真相，真正感受人间的冷暖，流淌在笔尖的文字才会更真实，更接地气，更有感染力。文华关注生活中的普通人，关注弱小，在他的笔下，我们看到了他对被杀死的狗的同情，看到了他对瞎子、街头艺人、养鸽人、修理工、修鞋匠各色人等的关注，他对他们都饱含深情，为他们开心的事高兴，为他们难过的事伤怀，用诗歌给默默无闻的他们立传，阅读《盲二胡演奏者》《小餐馆的小夫妻》《死去的养鸽人》等诗篇，诗人关注弱小的博爱情怀跃然于纸上。

对人类生存状态的关怀。随着人类社会现代化进程的加快，一个以商业文明为标志的工业社会正在覆盖世界的每个角落，社会高速发展，物质极大丰富，但是这样的社会并没有给人们带来终极的健康与快乐，地缘冲突、局部战争、水土污染、环境破坏、自然灾难、新型疾病等，无时不在威胁着人类，表象的世界在进步，却不能扼制严重的生态或信任危机。这就要求我们诗歌创作者必须具备强烈的责任意识，主动关注自己乃至人类的生存环境，自觉地把人类的生存环境、未来走向纳入创作视野，对伴随人类社会发展出现的生态、战争、粮食和环境等问题进行更为理性、全面的剖析与反思，努力为人类走出困境寻求可能的出路。文华在创作谈中曾这样说：“诗是我触摸世界的触角。触摸过隐秘的情感、人事的悲喜，内心的触角并

不会停止生长，它必然会爬过千山万水，触及更远的远方，这远方，比天文望远镜所能观测到的宇宙更为遥远。”以世界为己任，高度关注人类乃至宇宙万事万物的命运，能够仰望星空，也会俯视大地，这是文华作为一个诗人所具有的世界性眼光和格局。试看《听说起因结果》一诗的片段：“听说你在黄河南岸／却看见了北边的风沙／躺进高山积雪／却听见潮涌如凶杀／奔走在芸芸众生中／却得知太阳风暴／在日冕上愈演愈烈／听说你的眼耳鼻舌身意／组成了卫星系统／接受宇宙信息”，作为一个合格的诗人，就该有这种“一叶落而知天下秋”的触角，有“身居陋室却心忧天下”的情怀，文华是这样说的，也是这样做的。

文华说：“生命其实从来就是孤独的、匆忙的，与诗的距离仍是近在天涯，远在咫尺。孤独的我，走着走着，就变成了一首孤独的诗，一道冷冷的火焰。”如今，他的这一部“以身体为炉”锻造的诗集，正在坚定地写在他脚下的大地上，虽然孤独但却不失热烈，已经化为一道道光芒万丈的火焰，照亮了他自己，也照亮了他一心关切着的世界和事物。祝贺文华点亮了他的诗歌心灯，也祝愿他的诗歌心灯一直亮着，继续发光发热，继续普照这虽然凉薄但却值得留恋的人间。

黄成松，中国作家协会会员，鲁迅文学院新时代诗歌高研班学员。在《诗刊》《星星》《光明日报》等报刊发表作品数百篇。作品多次获奖，入选多种选本。

图书在版编目（CIP）数据

流年心灯 / 黄文华著. -- 贵阳 : 贵州人民出版社，2024. 11. -- ISBN 978-7-221-18759-8

Ⅰ. I227

中国国家版本馆CIP数据核字第2024YH3048号

“流年”系列

LIUNIAN XINDENG

流年心灯

黄文华　著

出 版 人：朱文迅
策划编辑：刘向辉
责任编辑：张　芊
封面插画：江　玫
封面题字：梁瀚泽
装帧设计：DESIGN 万及設計
责任印制：蔡继磊
出版发行：贵州出版集团　贵州人民出版社
地　　址：贵阳市观山湖区中天会展城会展东路SOHO办公区A座
印　　刷：北京世纪恒宇印刷有限公司
版　　次：2024年11月第1版
印　　次：2024年11月第1次印刷
开　　本：787mm × 1092mm　1/32
印　　张：8.875
字　　数：210千字
书　　号：ISBN 978-7-221-18759-8
定　　价：48.00元

流年心灯

黄文华｜著

贵州出版集团
贵州人民出版社

U0583247

目　录

卷一 诗神的灯盏

卷二 沉默的隐语

卷三 彩虹的证言

卷四 生命的灵犀

卷五 ▪ 流年的梦呓

卷六 ▪ 低处的独吟

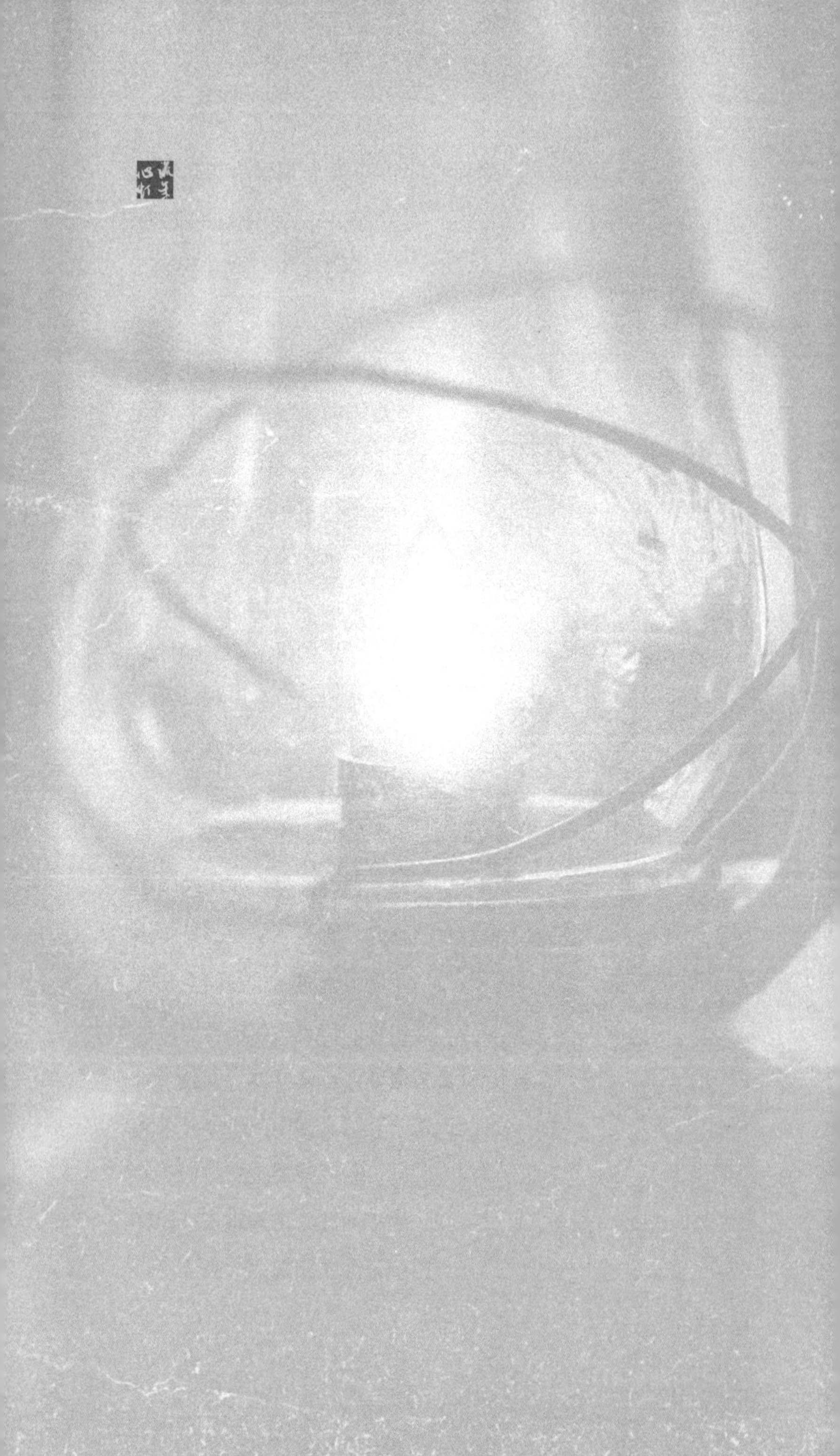

流年心灯

卷一

诗神的灯盏

拆下骨骼，最宜制作灯盏的那根
将热血注入，是为燃液
聚缩每个日子，捻为灯芯
我跪在某个镜像中
求诗神替我点亮心灯
给我寂寞又温暖的微光！

梦的残骸

2004—2005年诗① / 2023年10月25日重写

梅花高举过宋唐
开在屈原的窗前
花瓣的韵脚在最初的悸动中
涌动着暗香

银碗盛一场雪
半跪在梅树底
野渡无人
只有横无际涯的辽阔

一场幻梦
冬天早已从旁逸的梅枝撤退
春晓升上梅桩
暗香却再无浮动

拾起梦的残骸
以春风层层封装
珍藏在浩荡的心渊
不知以怎样的理由

---

① 早年诗歌创作和抄录时均未标注具体时间，只记得大致年份。本书此处所注的时间均为大致创作时间，非创作时长。

心灯

我跪在某个镜像中
求燃灯古佛替我点亮心灯
日子多如恒河沙数
我所求者
不过灯盏不灭

佛经里墨痕褪去
一朵一朵白莲盛开
经文在莲叶上长成脉络
条条连接着我的血管

佛挥袖将其湮灭
佛说莫执我相
我的血液溢出妙音鸟[①]之口
迦陵频伽啼啭　是血色的浪漫

我就是迦陵频伽
在佛前啼啭哀鸣
日子多如恒河沙数
只求心灯不灭

2004—2005 年诗 / 2023 年 10 月 25 日重写

---

① 妙音鸟，梵语迦陵频伽，出自印度神话和佛教传说。《慧苑音义》说："此鸟本出雪山，在壳中即能鸣，其音和雅，听者无厌。"

写诗

2004—2006年诗 / 2023年10月27日改写

羲和的车架停下来
红日隐去形容
星目全然盲了
心门该怎么打开？

篱笆与暮色之间
旧床安卧着
赤霞与山影之吻
仿佛神秘的仪式

但终究被暮色阻隔
隐约朦胧的你啊
吮吸着我的快乐
我却仍然无法触及你

灵魂一点一点消融
涌动的潮汐始终涌动
你毫无顾惜地遗弃的潮湿砂砾
被我排列在夜幕的深处

忧伤在如水的夜里丰润了

诗神

2004—2006 年诗 / 2020 年 3 月 9 日改写

她将鸿蒙裁剪为语词
把精妙的语义斟满琉璃樽
日月云雨一同饮尽
拂袖间搬山越海
伴着《大韶》[1] 之乐歌咏
飞瀑大川自口中吞吐
一呼一吸便是五千年

一梦是多少个世纪啊
朦胧中翻动西周至春秋
采石为字　点字成珠
镶嵌在风雅颂之间
每一叹咏　皆是珠玑跃动之声
再折叠五百年为封面
封好一部《诗经》

她降下神山　带一身芳菲
徐徐走过历史的长廊
呼唤屈原、陶潜、李白之名
这些名字

① 简称《韶》，传为舜时乐官夔所作，泛指美妙的音乐。《论语 · 述而》载："子在齐闻《韶》，三月不知肉味。曰：'不图为乐之至于斯也！'"

便成不灭的灯　照耀史册
而今……

而今
她形单影只　低垂着渺渺之眸
徘徊过车水马龙
行至水穷处　临水凭吊
一声喟叹回应青山飞燕
呼吸变成瘦瘦的不堪履的薄冰
最寒的季节过后
就遁形在大朵的云上
人间再无休憩之地了吗？

扫净庭院　研墨铺纸等候着
聆听群星窃窃
或许哪一句　有关她的踪迹
可扫不净人间浮华
我多害怕错过

如果某晨
当青山褪去滑滑的雾纱
你与朝阳一起
打我窗前走过
留下一抹微笑……

梳妆

缪斯[1]神啊
我本是你蠢笨的仆人
梳妆非我之能
你的长发早已长过我的相思
我只想将二百零六根骨头
和所有甜蜜献给你
作定情的信物
在农夫的故乡
我曾蒙昧地成长
神以大能的手
将我推至你的殿前

哪有花蜜可斟
是寂寥铺满厅堂
但你的姿容如荼蘼
在盛放与凋谢之间
不可描摹

缪斯神啊
我始终在窗外为你梳妆
殊不知，我所见过的

① 希腊神话中的文艺女神，诗神也常被称为缪斯。

不过是你临水的映照
但我芃芃生长的心丝
早已绾上你的长发

掷诗

掏出冷凉的璎珞
扬手　掷给行乞者
怀揣着这劳什子
我仍是困顿之人
何必空负虚名

这岁月的风一阵紧似一阵
寒霜已吹落我头顶
流浪狗还饿着
挖出肝肠
喂它们一顿饱吧
留在腹内
越发弯曲不知始终

二十年前的诗
青涩被时间催熟

2004—2005年诗 / 2023年12月8日重写

早已腐烂
挥手　扔进潲水桶
连牢骚一道　装车运走

饯行

2005—2007年诗 / 2020年3月9日修改

剪下那枝花楸果
斜插在廊檐下的小轩窗
那里夕阳正好
不管以什么情绪
你都决意远行吗?
幽径曲折过花坡
你已以落菊的姿势启程了

那时，啄花鸟才筑好巢
我们相遇
如两朵飘浮在小巷的云
你和我都在晾晒情绪
两个灵魂，孤独如残雪
为着那一刻温暖，相互融化

而你是谁?

是为我清扫小院和浇花的人啊！

我的屋舍是整洁的

而我仍憩于窗下

问你是谁

你答：我就是你

我看着你哑然了

而你是谁？

是为我酿酒的人吗？

举杯，左手碰撞右手

喝光窖藏多年的故事

转身面向余晖

弹剑而歌

兰舟早已起锚

今宵酒醒何处？

开门

你如我的诗等待久了

长廊的风

吹起褶皱的涟漪

美丽而微急

而那扇门

（上锁的门）

依旧紧掩着秘密

也许

翘首　轻轻绽成一首优雅的诗

是一万次的推敲！

阳光的香气

缕缕发自你微启的唇

诗的灵性开始苏醒

啊，看！

玻璃装成的小窗——

你的窗？

诗的窗？——

被渐渐凝聚的风

打开

哦，昨夜空的酒杯

盛以咖啡色的忧伤

举杯　饮尽

扭开思维的锁

推开你等待久了的门

等待久了的船

被溶溶的川流送来

2006年2月12日诗 / 2023年11月18日微改

等待久了的芽
自松松的土里探头
等待久了的春
把隐隐的帷幕揭开
…………

诗瞳

在三世的今生
我凡胎肉眼
生来具有八苦
路途崎岖　黑暗弥漫
以诗为瞳
看到前世与来世的倒影
恍惚了今生的坎与暗

愤怒时
就让它怒视锋利的刃口
悲伤时
就酿成白兰地麻痹自己
快乐时
就折成一千只纸鹤飞翔

2006 年 7 月题 /2010 年 3 月 14—15 日诗 /2023 年 11 月 19 日修改

有时，把诗歌拆下
放在窗台上晾晒
每一句
都有浓浓的阳光的味道
有时，把诗歌放进烈火
煅烧了杂质
炼成纯粹的疼痛

有时，把诗歌焊接在杖尖
步步拾级而上　抵达云边星斗
一缕一缕收集苦难孕生的浪漫
有时，把诗歌挂在山雀之口
身受鞭笞、铁烙之刑时
请它唱一支野调
灵魂的颤抖　亦有和音

生，诗瞳的光芒炽烈
死，诗瞳的宝珠不朽

听说起因结果

听说　一切都起因于
那一次次阵痛
一切　都起因于
那火与冰中
诗思的萌生
诗的栽插者啊
听说你在黄河南岸
却看见了北边的风沙
躺进高山积雪
却听见潮涌如凶杀
奔走在芸芸众生中
却得知太阳风暴
在日冕上愈演愈烈
听说你的眼耳鼻舌身意
组成了卫星系统
接受宇宙信息

听说　一切都可以结果于
一纸旋风
一切　又可以结果于
缄口　侧目　展容
柳飞桃红

2007年7月9日诗/2010年9月10日修改

诗的埋葬者啊
听说你一直追云逐月
拨开风云
寻觅久已绝迹的物种
用灵魂祈祷、忏悔
在城市中央　你告诉人们
亚特兰蒂斯　楼兰古国以及巴比伦
在海岸　你忙于通知人们台风、风暴潮
海啸以及海怪出没

听说你不苟言笑　一生飘零
最后走进一次日食　销声匿迹

听说　有一个传说
关于　起因于伤
结果于痛

诗或虚影

明亮，光芒刺穿你
你躲进我的身影

有人跟随你躲进来
像左脚的繁华
跟着右脚的洪荒

我带着风暴远去
你和身后的人
被光芒贯胸而入

我只是虚影
你未曾看清

2007年11月6日诗 / 2023年11月23日修改

诗的提琴

以身体为炉　诗句在火焰中升温
膨胀为明媚的太阳
从一把沉默的小提琴上升起

昨夜　象群走出丛林
向焚烧后的光地走去
十里欢场　洁白的肉体
为魔鬼准备盛宴
流离在战争废墟中的孩子

2008年2月4日诗 / 2023年12月23日重写

拖着断肢　未找到一滴露水疗伤

当然也有昙花盛开的美事
一刹花火　与星光争辉
几只双角犀鸟在树洞中破壳
生的喜悦　传遍阔叶林
感染病毒的人群
一夜醒来　痊愈如初

诗的酝酿者
将翻涌的岩浆倒入瑟瑟春江
划拉着琴弦
等爱与痛化为石灰岩、硫磺、金矿

败北的主将

2010年4月30日诗 / 2023年12月29日修改

用一万年挖一个孔　钻进去
风暴中的丧生者　地震中的残肢
火山烧毁的容颜　战争中的烈士与叛徒
都钻了进去
迷岚　那风中颤抖着翅膀的爱情
姑娘飘动的衣衫　笑和忧伤

全部钻了进去
唯我　被那文字斑驳的城墙阻挡

飞动的意念　逝川上泛起的意念
不断驱使我　发兵攻城　拆卸城墙
成千上万个士兵　像我昨夜盘点的心事
死在城墙脚下　剩下鲜血涂染的废墟
夕阳从城头倾泻下来
寂冷了谁　绝望了谁

收不回一兵一卒
我捂住热血骑上最后一匹战马
沿着斜斜仄仄的山路　一直走
暮色四合　我倒下马来
黑色在我眼里蔓延　如同黑旗

当我从冰冷的岩石上醒来
靠着诗人搏动的心脏歇息
隐隐的厮杀声自心底传来
火焰和冰凌　魔鬼与神灵　一块块瘀血
竟然撕裂诗人的心脏飞出去

摸着斑斑血迹翻过无数具尸体
我走进诗人的心灵
举剑　杀敌　杀敌

剑断　我举起我的手臂
臂断　我举起我的身体
当我终于战死　像一柄剑
死在黎明　只能以一个传说叙说
传说　我的灵魂被送进了一首诗中
没有鲜花　没有白雪　没有烟云
没有流岚　没有长街　没有白鸽
只有一颗亡灵永远孤独
只有真理复活
一首诗　幽暗的内部　没有风景

诗·倒卧的坐标

2015年7月23日

在纵坐标上拔节生长的柱状图间
我高低起伏坎坎坷坷地爬行
天长日久　身体枯瘦如柴
行进了半生　落脚的地方还是水平线

这仿佛是一场跑酷游戏
奔跑者上蹿下跳　有的落在高处享受日光
有的落回地面　迎接暗夜
结局各有不同

其实我们更像朝圣者　高山深壑
大川鸿沟　三步一匍匐　踉跄而行
转经筒是攥在手心的唯一力量
德业灵修太过宗教
落脚的水平线　被一些明星反复照亮
沈浩波　雷平阳　李元胜
西川　于坚　大解　商震
他们交换着城池　编织着经纬

猖獗的岁月总是被他们驯服
因此　他们被标刻在水平坐标上
代表倒转的星空　我是黯然的灰尘
漂浮在星空里　继续行进后半生

2015年7月25日

读诗（其一）

太温暖
太寂寞

温暖时
仿佛太阳在身体里旋转
光芒穿透皮肤的毛孔

辐射
寂寞处
类似恋人红唇离开已久
一个人在清冷的雨夜
听雨

如闪电
如烈火
闪电从外部撕裂
阴霾　乌云　群山
生活粗砺的外壳
这世间的不安　坼裂

烈火从内部攻心
悲伤　惶惑　忧戚
层层丑陋的结痂
与流离的梦幻　焚烧

读诗（其二）

骗局　泡在酒里
这场宿醉　是关于前世今生

共同的美与残缺

2015年7月25日

一粒沙子在雨后的呼吸
被风吹来　竟是午后的心跳
万鸟高飞云蔽青天
有一根羽毛关涉过你我

木鱼声声　尘埃寂静地落下
念经人走进历史　也是走进轮回
遇见自己与遇见陌生人一样
因为我非我　非非我

榴莲味　香或臭之间
万世的经卷无法辨清
然而　榴莲只是榴莲

孤眠

2016年8月31日

秋雨洒下一片穿心冷
夜来香一忽儿落尽
茕茕一人
抱诗而眠

观诗

诗句越来越长
而江河越来越短
越来越浅

2016年8月31日

诗的尾巴

日子总是饥饿
蚕食生命版图日夜不停
试图以诗行喂之
却被落款的日期
掏空

2016年9月11日

退稿信

往北去吧
北地有冰雪　颜面不娇媚

2017年11月初

骨骼爽朗　交谈是冷的
语调始终在零度以下
干脆　纯净　直达冰点

往北去吧
将南木寄去北方
就算被北风退回
也要带回雪沫冰屑
让枝干颤抖一季

往北去吧
若深居于彼　才知冰雪是滚烫的
迫使树木将枯叶退还大地
如不经冬寒　褪去枯槁
怎见得生机

未识冰雪面
怎么懂得春天

悟诗

2024年1月6日

剥掉衣衫，拔毛
皮肉都不能要
只留筋骨，血液少许
取出灵魂的舍利子
献给一朵禅

——二十年后，才恍悟
时代匆忙如一刹花火
诗句越写越短
短如性感的比基尼
而稍丰满的
已无处发表

流年心灯

卷二

沉默的隐语

他们，或我们

都是沉默的羔羊

攀爬于陡峭的诗行

脚步沉重却无声

生命的历程，像一团火

自生而灭，灰烬被风吹散

父亲的故事

奔腾而来的山
冲上父亲的肩头
呼吸被汗水浸透
穿破了喉咙

重复着翻山越岭
岩石也感到疼痛
道边的核桃树老死了
根腐朽得像他的岁月

年年　黄土都要汹涌一次
父亲将风湿和夕阳都撒下
来年确实丰收——
更多的病痛与西山日落

岁月的利刃
剜割了父亲的慈祥
切除了儿女的青春
替他换来一幅皱纹

落木绯红
摘一片秋风印在胸膛

举着果实翻山越岭远去千里
那是我的故事了

挑水

风推不开云
关于命运的寓言
一直悬垂在沉默的山顶
形成缥缈的天象

父亲是不识天象的
他在拂晓前刨制扁担
到山麓去挑水
扁担从左肩换至右肩
又换回来
如是几十年

左桶盛着希望
右桶溢出迷茫
盈盈的　随父亲的步调
荡动

2004—2006 年诗 / 2023 年 10 月 28 日修改

长途跋涉
蛇径遥去云霄而无尽处
千折万皱的山地地貌
就是父亲一生的见识

返回屋檐时
桶中所盛的命运之水
已无浇灌之量
收割干瘪的青稔吧
这是父亲刈藏荒年的方式

抬头，似有风吹云动

瞎子[①]

他走出卡俄斯[②]之口

---

① 他出生时双目完好，两岁半左右，左眼因病失明；七岁时，被父亲赶出家门，四处乞讨；十五六岁回家葬父，孝养母亲；二十七八岁时瞎了另外一只眼，只能拄拐行走。他住在竹林边的茅草屋中，能上山砍下丛生的荆棘，能去集市购买所需之物，但也偶尔走错路找不到家。古稀之年，母故，自主葬母。此诗主体便在此后完成。后其纳侄子为孝子，但仍靠自己生活，八十多岁时因病去世。他终生未娶，没有子嗣。若无所记，他存世之行，便再无人知，故作此诗。11 月 1 日修改原作后，欲续写其后之行，不料悲从中来，不能续，2 日始成，18 日为完整计，将原作与续诗整合，成此作。
② 希腊神话中的原始神、混沌之神，代表世界的开端。

被宙斯的闪电击中双眼
无法向诸神乞讨
在弥诺陶洛斯[①]的领地流浪
在被遗忘之地拾得黑蛇之杖[②]

嗒、嗒、嗒……
他从陌生的众生之中穿过
步入黑暗之渊
走过地狱三头犬的凝望

他住在竹林边
茅屋低矮
白发的母亲越来越接近尘土
砂锅熬煮着爱与寂寞
微光和炉火都倾向日暮

他绕过竹林
到猫头鹰筑巢之地翻找光明
锄口上火星飞溅
镰刀上的滞血已干
把日头翻过来
把岁月倒过去

2005—2007年诗 / 2023年11月1日改写，2日续诗，18日整理

① 希腊神话中半人半牛的怪物，凶残嗜杀。他有一座巨大的地下迷宫，他住在其中，以人为食。
② 此处采用赫尔墨斯的双蛇杖与彩虹女神伊里斯的双蛇杖的融合形象。

他仿佛收获了一切颜色

但他仍无法信仰光明
所以什么也不能信靠
惟有黑蛇之杖可以引他回家
但黑蛇毕竟恶毒
始终试图引他入歧路

他带着收获的颜色
从七十多年前返回
母亲已变为尘土
屋顶的茅草
也已零落成泥

他将所有颜色归还万物
将年轮拨成正向旋转
头低垂在蛇杖上　半梦半醒
听见母鼠怀孕
听见竹笋破土
听见猫头鹰带来女巫的口讯

于是他听凭黑蛇之杖诱骗
把余念喂给地狱三头犬
重走黑暗之渊
在无风无雨的深渊缝中

走入卡俄斯之口

不毛之地

父亲赶着牛　拄着拐　带着胃出血
在我的双掌　我的背脊　我的胸膛
翻起一犁犁的黄土
将十九年的伤痛覆盖
其实并没有伤痛
只有牛尾上系着的烈日与寒风
父亲　您黑发变了白发
天空里风云变了色
我的身体还是一样荒凉
从头到脚
没有绿洲
戈壁永远瘦骨嶙峋
这是您赖以生存的土地吗?

我的身体　我的栖息地
在极北之地
像三千尺寒冰
覆盖着白雪　沉睡不醒

2006年诗/2010年3月1—4日修改/2023年11月18日微改

农父

倚着门槛
望着星空很久很久
你眸若星子
是不是在窥探宇宙的秘密?

四月　土地开始龟裂
你的唇　你的手　你的眼　你的心
也开始龟裂
四月　风在龟裂　空气在龟裂
雨去了哪里?
来滋润一下农父吧
没有雨声　今夜　他无法入眠

你的身子冻结了
冻结在四月夜幕低垂时
你不抽烟　不喝酒
你一夜只听自己的血流
你是守望的诗人吗?

而你望着夜空已经很久了

2006年5月5日诗/2010年3月6日重写

无题

2006年7月30日

父亲的身子劈开晨光

父亲的手拉合夜幕

父亲的身后跟着母亲

母亲的身后　是黑暗

聋哑人与盲人的一次交谈

——诗是可以深入你心灵的？

2007年7月3日

他是一个聋哑

他是一个盲目

他的手语打不开他的眼睛

他的声音敲不醒他的耳朵

他的肢体开始燃烧

他的声带开始破裂

而他的耳朵是过深的海

而他的目中是太强的光

耳和目之间
是无尽的沉默与黑暗

后记：
亲眼见到一个聋哑人和一个盲人的一次交谈，聋哑人靠手势，可盲人看不见，盲人靠声音，可聋哑人听不见。这一幕震惊了我——原来，拥有健全的官能就是幸福的了。

2008年2月2日夜诗 / 2023年12月23日修改

盲人与炉火

尽可能靠近炉火
却怎么也靠不近温暖
七十多年　冰结得太厚
这个冬天加剧寒冷
大面积凝冻　占据他
熄灭的眼睛
他种的竹林　死了近半

一口棺椁和一些枯柴
占据茅屋靠里的大半
枯柴是生　棺椁是死

他和他的小铁炉
将地盘让给生死
躬身退到门口
交给寒冷囚禁

炉火在冷风中战栗
却如他的眼睛一般沉默

盲二胡演奏者

一眼深如大海
他掩上所有风波和深处之暗
左手拨弄着千斤弦
右手引弓子流浪于弦上
寻找早已失去的风雪和苍穹
几十年　万水千山寻遍
落魄与仓皇
在胡弦上冷凝　纷飞如雪

某一夜　过断垣陋巷
废墟把苍凉伸进胡弦
月下泉涌　孤独的喻体

2009年4月23日忆旧见所作 / 2023年12月16日改写

涌入他生命的底层
一道光　宗教一样
冲破他沉默的双眼
从此　二胡的游吟成为传说

如今　胡琴静置墙角
隐忍如刀

猪头狗[①]和抽烟的女人

2014 年 11 月 12—13 日

她坐在路边抽烟
头发如烟卷乱堆在头顶
烟不疾不徐地烧着过往的风
以及过往的岁月
她不紧不慢地吞吐着寂寞和冷
一边无所谓地看着走过的男女

一条狗牵着她
一条长着肥大猪头的狗
与女人并排坐在时光末端
毛发稀疏。眼神不喜不悲

① 根据后来所知判断，当初所见应为下司犬。

一动不动，一声不吭
就像女人一样寂寞

或许泥沙淹没过她的身体
或许月光打开过她的秘密
或许这条猪头狗曾牵着她走过荒丘
谁知道呢。我只是担心此时
风随时可能将她们卷走

500 行诗：写给母亲

2015年6月11—23日

1

屋檐瓦，压在母亲眉
眉间轻烟青灰色
刹那云淡风轻
黛山聚，压在母亲身
体内尘劫几千？
佛香焚，劫数无尽日
五十七年，春风过门
却不光顾她一刹那
桃花红，梨花白
梧桐染了薰衣草色
李子年华生涩，桑葚饱蓄哲学
这些，与母亲隔一道门槛

距离，不远不近

2

掏出一窝时光之土
将病和疼痛窖藏于里屋，那里无光
然后倚门而坐
手捧虚妄的脂肪
偶尔眺望门外的山
等夏天穿过身体
等冬雪冻藏疼
时光坍塌崩碎
亦无扰无惊

3

鸡群为抢食争吵不休
哎，这群脏儿女，遍地大小便
像火烧着了老房子
两只白鹅，高于白云
展翅覆盖季节
像小儿子的梦
小金猫在阳光里打滚
突然嗖一下蹿上楼去
小金猫，是半世纪前的母亲吗？
这些不孝子，并不领受饲养之恩

时常呼叫响应，准备暴动

母亲惊慌中挣扎起身

却有心无力

双腿髋关节坏死

成了这些畜生得意的理由

4

老木屋

燕子来了又去

马蜂聚了又散

冰条融化又生

老木屋，知道风雨，知道时光的秘密

所以当然知道关于母亲的一切

但他闭上嘴

装着一肚子烟尘、贫困、无可奈何

继续苍老

母亲，趔趄得像石板道

弯进老木屋

5

四十年，被门前一树梨花

打开，刷白；关闭，禁言

十七岁[①]，母亲洁白，像雪落在屋瓦上
南北极的雪，西部高原的雪
覆没晨光镜面，埋掉夕阳芬芳
母亲顶着梨花白，变成火棘木
在烈火中翻滚，变身精瘦
楔进锄头、镰刀或斧头
成为父亲最得心应手的农具
四十七岁[②]，西风劲吹
土豆从土壤下暴跳出来
辣椒急红了脸，怒气如云
秋火死亡，余烟在母亲体内乱窜
风湿携带霜寒
凉透母亲的血液、骨髓
此时，母亲是一口溶洞
隐藏的冰川日渐膨胀
重峦叠嶂
只有母亲在变大，变大……

6

在体内
预装一款杀毒软件
会否好些?

---

① 母亲十七岁与父亲结婚。
② 大约在四十七岁，母亲的病痛开始加剧。

病毒、泥沙、日子碎屑……
统统挡在防火墙外
发现漏洞就修复
若是可疑木马
就删除
造一座白房子给你
盛装疲劳的翅膀，和
天际的乌云、眼角的皱纹
把鸟留给天空
流水留给江河
把辛劳返还土地
会否好些?

7

不，“会否”这样的词
太苍白，像被虫蚋吸干血的尸体
横陈在诗句中腐烂尚可
对于生活，山是肠梗阻
荆棘和血，都在体内
在灵魂的漏风洞中
杀毒软件、白房子
不及一抔黄土真实
传说黄土捏成世人
佛法诞生前

世界都是魔障
乾坤未明之时
人间尽是蛮昧
血肉之躯跨过梵音和卦画
是为给后世送来幸福传道书
而跨越的路途，饱受风雨凌迟
母亲浸溺在疼痛中叫疼

8

母亲，病痛折磨着老木屋
激素药瓶堆积起来，高过
老木屋屋脊，高过小儿子的梦想
激素，堆积不起来
直接化入血液、骨骼和生命
化掉春天，留下冬之残躯
因此，母亲从老木屋爬出
去诊所询问春去处
在山道半途
陷入一场残酷的骗局[①]

① 2015 年中，父亲与母亲乘三轮车去医院看病，路途翻车，母亲左腿粉碎性骨折，父亲的七八根肋骨及锁骨骨折，因此双双住院治疗。这首诗的主体内容便是此次住院。

9

骗局现场没有血迹
那血，是乡间潜藏的地脉水
在母亲腿内缓缓扩散
制造谎言，让她就此停下劳碌
据说众山是慌乱的，羽毛洒出
变成白云，被风一口气吹散了
一心想要逃离，转过脸去
绕过这骗局
却拔不出生根的腿
母亲的腿却断了根
像琴弦不堪狂风骤雨的弹奏
从弦柱上断下
耷拉着。余音过尽

10

余音之前
音符被有尘土。旋律涌动
从母亲的手，跳荡到儿女的手
从母亲的腿，延伸到山外的路
城市抖动的街。远方，梦若霓虹
余音之前
我们听过深藏在石头内部的弹奏
石屑星火，那是赠给我们的

唯一的温暖
弦断了，去哪里寻找一毫厘爱呢？
余音之后
我们捡拾起母亲的断弦
去医院，续接
医院有一把连天火
专烧钱币。可那有什么关系
就当秋还未到
树叶未曾飘落过
没拾到一片落叶，孩子两手空空

11

母亲这把旧琴，腐朽而松散
叮叮当当，被收进医院病房
额头停歇着大片积雨云
这季节多雨。潮湿。低垂
断腿如弦，紫色锈蚀，埋在黄沙中
医院如同沙漠。风沙弥漫
沙暴狂扑。一日日无人问津
医生——接弦人、修琴者
随时可能成为焚琴的混蛋
母亲的生命纹路
他们当作谁的文身
还有，父亲那辆破旧马车

也与母亲的琴隔壁搁置

12

医院四周，洪水滔滔
医院深处，荒野蔓延
洪水里水虺潜伏
荒野上毒蛇隐藏
必须寻找守闸人
他缺少骨髓，因此我打开骨盖
舀出骨髓让他喝下。然后
他启动闸门，泄掉洪水，安抚水虺
独行舟，母亲的琴有皈依
必须寻找飞行员
他希望金币卷烟
吐出万朵云，画满天大的画布
因此，我划开皮囊，抽出筋，放出血……
飞行舱，载母亲返抵人间

13

如果母亲是船
在茫茫大海飘荡五十七年
风高。浪急。一波接一波的力
摧残龙骨及船体空壳
海盗猖獗，洗劫珠宝和健康

日复一日，海鸥飞走，飞走
海水将盐分融入木质
侵蚀，比虎牙撕咬更可怕
从那混沌远古驶来
抵达这张白茫茫的病床
一首诗，也已破败
一翻身，那狂浪就喷薄而出……
但此时，我设定她是一把琴
被俞伯牙摔坏的那把，或者不是
我们兄弟姐妹摘来春蚕的丝网
将它兜住，搬进推车，或者搬出
琴声呕哑嘲哳
听起来是风在呜咽
上楼。下楼。又上楼
CR、CT、磁共振，透窗的阳光
——接弦人的眼睛和嘴
确定母亲的心脏有火
肺部有水，骨骼里有空气
以及，腰部跟腿部相同
有今年及明年都填不满的沟壑

14

有时——什么都不经意时
母亲用夏天的亮和绿看着我

我轻而温柔地抚摸着
她遗留的残冬，就像
抚摸医院门前的夹竹桃
红色花瓣，不小心落下来
然后我不再伸手
只看着雪松覆盖着绿雪
玉兰铺张着白昼
合欢绯红，颤抖着爱恋
美人蕉款摆着缃裙……
——我笑着，想把这夏天的性格
慢慢跟母亲讲述
可风向侧转 45°，云里雨落
越过眼角，封缄了嘴

15

医院有疼痛、哀嚎和连天火
专烧钱币的火
有今年及明年都填不满的沟壑
我们奔赴银河、星云海
及光年之外的宇宙，收集
流星、光、月亮、梦，或是
暗物质、反物质及类似于时间的东西
扔进这场火
给残冬未尽的母亲取暖

扔进那巨壑
让母亲的琴滑过南方
让断弦接上春芽
宇宙冒险，这是
一件多么刺激的事

16

残冬之雪铺满床
冷是身体里的疼
充满病房，充满这座深处的悲哀的牢狱
病床之间，黑暗深不见底
有惊梦和陨石般的事物在其间游走
黑暗中，母亲和她的病友们
用脉搏计算时间
控制玉米在田里生长的节奏
疼痛在黑暗中嚎叫，就像牛在牛圈
哞哞声震动村庄
惊动半夜丑时，飞出一群夜鸟
但医院外，天被白光包裹着
日头爬升到城市上空，影子
遗留在未裁剪的景观绿植的茎里
在黑暗的病房谈论这些
玄而又玄的事，突然被母亲叫停
她的断弦

在悄悄挣扎、蠕动

17

护士来回穿梭那阵子
以白大褂和白口罩封裹冰体
两只眼孔，寒气深重
她们与谁都无关
母亲是一根朽木
她们抓过一根秃枝
表演扎针技巧
针孔里是无色或红色液体
无色的平和，红色的兴奋
体温计上水银升降
升起来的是她们的潮
降下去的是她们的汐
潮汐之间
不知她们做着什么梦

18

空垃圾桶，盛不下
两个女人
一个老而胖
一个不老也不胖
她们是医院清洁工

垃圾桶哼叫着，与她们形影不离
像嗅到粪便的狗
她们轰然推开天堂之门
惊走母亲刚刚迎来的睡眠鸟
张开扬声器，发出巨大的噪音
吞食垃圾
遗留下更多污秽
她们怀孩子的肚子
总是怀着炸弹
每天，进行多次恐怖袭击
却无人，将她们扔进垃圾桶

19

一定有蛇从他脸上爬过
蛇皮褪下，蒙住他刻意回避的
风烟。偶尔鳞片掉落
抄一片观赏，那里面
是多少虚空啊
历经风浪停泊太久的母亲
断弦系于野渡
枫叶飘零，荻花纷飞
喑哑了一衣带水的温暖
他打马而来
是一半人脸一半蛇皮的怪物

为母亲的断弦而抱憾
吐出一阵晚风
这时夜幕降临
渐渐看不清，兄弟
虚与委蛇，是深是浅

20

尝试使用蒙太奇
将两个病房拼接
昼夜叙事，穿过蝉的薄翼
快进。正常。快进。无风无雨
209 室
父亲睡进一场火
火焰洞穿胸腔
枯枝般折断的肋骨
在火中变得通红
211 室
潮汐涌过母亲的断弦
涌过堤坝，涌过我的双手
成为洪涝。洁白的盐晶
从毛孔中析出
一夜间，我变成雪人
209 室
白墙壁是一块镜子

时间的影子在里面飞翔
像剧情混乱的电影般
我是个旁观者。困乏如打坐
父亲的呼唤突然从枝头
坠落，砸中我
像那只苹果
砸在牛顿头顶
211 室
翻开一本杂志
文字一颗颗在生长
我想起漫山遍野的白色野草莓
蕴含着仙露琼浆，在叫醒舌头
母亲摸索着床，摸索着
她想要的那颗野草莓
呻吟，如冰雹击中我
抱歉，我让某页某行某字
等到下一朵花开
209 室
男人用疼痛
轰炸女人
自己却
发出惨叫
父亲背靠烈焰
默默地，看着
211 室

小夫妻
说了什么话，藏在墙角
一半是糖
一半是咖啡
腿断了，也不能喝下忧伤
男人瘸着，女人变成快乐
给他接上
母亲闭上眼睛
停留在这些故事对面
什么也不说

21

至手术室门口止步
幻隔的别世，月亮充满隐痛
母亲顺流而下
进入不可知的洞穴
形单影只，孤舟独琴
飘荡的弦无人牵……
奔狼号啕掠过半月
月圆之前，我们必须停下来
停在这个世界
LED 电子屏中，夜色起伏
某个恍惚的瞬间
修琴者的脸谱闪烁

不是天上星，是星在水中的倒影
似乎，医院里的植物
都在奔跑，治疗仪器
都在呼吸。病人们
都是口不能言的废弃注射器……
挂钟并无提醒，这个过程
究竟重复了多少遍
直到母亲逆流而回
呼叫着光的刺痛

22

断弦声碎……
续接后的弦，充满绝望的哀音
这座城市，被母亲喊成古城遗址
高楼倾塌了，道路直立
全城断电，所有心脏
都要停止跳动
断弦搭上弦柱，光芒万丈，穿透琴身
却不破体而出。拔不出针芒
那是太阳无与伦比的光芒啊
腐朽的琴体经光重生时
破骨而出的声响
超越整个夏天的和声

母亲带着鹰的灵魂冲向高天

携着雷霆贯彻地心

鹰唳和雷鸣压倒一切声部

成为世界唯一清晰的声音

23

早些年，母亲偷食月光、露水

身体充满夜色，蝙蝠乱飞

狂犬病毒及其他病因

在暗中四处流溢

现在，她变异了

不吃五谷，不喝清水，不造血

吞食太多烧红的钢铁

胃囊沸腾着万度高温熔浆

血一般赤红。神魔、鬼怪、人畜……

熔为一炉。被戾气和煞气灌满

纤弱的蝶，光明的鹤

故乡晨间开放的梨花，还有

当年与父亲相依的一张旧照片

全部飞走了

熔浆滚滚，又返回原始星球……

24

端午，屈原投江，全地雨水

江河泛滥，就像我掩不住的仓皇
穿过一场雨，衣衫不湿
湿的是今夜不眠的心伤
我不知道
是羲和的车驾惊动了悲哀的母亲吗？
是九个太阳在她身体里坠落
那般惊恐惶惑，绝望如同远古愚民？
激素药瓶搭建的阿鼻地狱
鬼魅的影子，在她眼中铺叠无数层
母亲是个孩子，怎么逃脱？
她开始绝望地舞蹈：
翻滚，抓挠，蹬踢，揉搓
呵欠，狂躁，呼唤，哭泣……
床是舞台，被子是道具
输液管是死婴的脐带
令她恐惧，她拼命将脐带拔出
台词只有一句：天哪，我心头难过得很呀！
别开生面的平面视觉表演
足可以获得最高规格的表演奖
一个夜晚，我观看着，心里这么想
窗外，黑夜的墙壁上洞开一道门
大多时候空洞缥缈
有时有人影飘出，忽而不见
直到天亮，那道门关闭了一切

25

弦外之音，是什么?

弦音荡过雪山后，天是否还蓝着?

是否有人在雪地驻足

如聆茫茫天籁，潸然泪下?

我只怕弦音钝重

深藏在沉睡的深潭

涟漪不泛，无人再能听闻

母亲的弦哪，接弦人终究不是知音

余音之后，音符从何处涅槃

长出嫩芽，独奏或交响

接弦人不知，我亦不知

现在，母亲在阿鼻地狱

进行着一场关乎生死的舞蹈

忘记了世间福音

26

如果可以换种说法，我绝不说:

父亲是我的脊梁

母亲是我的心脏

脊梁是日晷上那根指针

在石板上投下阴影，与刻度吻合

来计算我今生的路有多长

换算成经纬度，标明我的坐标

心脏的比喻，有时我觉得是湖
湖中光阴斑驳，生物百态
有她我就自成生态系统
有时我觉得是岛
风雅而靓丽的小岛，在大海中跳动
有鸟雀飞，有花开，有先民居住过的遗迹
我漂流而来，纵使寂寞
也生而有味
如果这些比喻都不够贴切
那么她是日晷正中的孔
日光穿不透，眼睛望不穿
但她是唯一的
安放脊梁的地方
指针指向夏至
白昼渐渐被黑夜裁剪
母亲的黑夜，会有多远?

如果

2016年6月27日

如果可以，母亲
让病痛的日子比你的睫毛更短
甚至来不及停留在你眼角
花就开了

别母亲

2016年8月24日泣成

轻轻地，再次告别
在光影的暗处，母亲
是悬挂的静物，与老墙根一体
十多年，梦魇不断重演
疼痛的钢钉[①]，将她定在
冷飕飕的岁月阴影下

青绿的山水
竟不舍得分一分春色给她
那日日歌唱的飞鸟

---

① 2015年母亲因车祸导致左腿粉碎性骨折，住院植入钢板，出院后再无法正常行走，甚至起身都困难，疼痛伴随她直至她离世那一刻。

也吝啬一声欢歌替她发音

岁月阴影下的母亲
冷却了吗?
铁火炉上
鲜玉米热气刚散
母亲轻嚼着依恋，还没咽下
眼泪就滚滚而落

那些滚烫的绽放
是孤独的孩子在这人世间
唯一可以取暖的
火花

后记：
8月16日告别母亲要返回贵阳，母亲潸然泪下，致使我一路眼泪，每每想起，泪不自禁。

修单车的老人

2010年。夏。温州
他熟稔地拆下
磨损的零部件

去垢，修补，上油
然后安装回原处
单车起死回生，轻狂而去
四十三年间，他让多少辆单车
从垃圾变成了
大男孩运载爱情的工具？
有时，他不停手
只是瞥去一眼，就告诉来人：
扔了吧，修不好了
就此，那辆单车再不是
青春的代名词
他熟悉这座城市的单车
就像熟悉自己的肠子
有多少褶子
就像明白七十多年的时光
在头顶刷白了几根头发
他从光阴的深处
和自己的指纹中
抽出大女儿的七十多万嫁妆
小女儿的
当然超过八十万
如今，空出的两套住宅
让他感觉有些寂寥了呢
他说着这些，哈哈的笑声
让毒火似的阳光闪了闪

2016年8月26日

而此时，天主教堂中
唱诗班正唱着赞美诗

修鞋匠

岁月是那般瘦削
掠过他的双颊
风穿过手指，他十指如弦
弹风有轻音
指间没有星光
弹指都是逼仄的生活
破旧的故事
穿过旧了的缝纫机
均匀细致的针脚连线
没有一针是虚
仿佛，这是他今生要走的路
而他爱穿白衬衫
槐花偶尔落在袖口
斜阳也坠落在鸽子的双翼
钥匙是另一种谜语
天光悄然脱落
远处的霓虹

2016年8月27日

已渐次升起

后记：
煤矿村的修鞋匠，瘦削，爱穿白衬衫，恬淡安稳。

小餐馆的小夫妻

2016年8月28日

小餐馆小如芥子
三级台阶将它切割成圣坛
而斜坡下是茫茫人世
三四张桌案摆放牺牲为祭
十个浮世凡客耽于享受祭品
而第十一个，随生活斜仄而上
焚一卷心经，虔诚祭拜

主持祭礼之人
是一对小夫妻
他们在圣坛顶端
身挨着身，肩擦着肩
却嫌须臾眉目交汇太久
只需捻动慧根
油盐之间，皆已了然

妻子瘦小如菩提
溜溜地穿梭于食客的手掌
菜单被念过一遍，就如
缘过经卷，她照单全收
丈夫体大若须弥
醍醐自额头灌涌成咸海
而他遁入虚空，左手一锅梵音唱
右手一勺佛号响

终日在这圣坛上下颠簸
在生活的经堂诵经修持
夜晚，她们是否走下圣坛
剥落疲倦，做爱，生下三界呢？

或许，在这小小的圣坛
神谕或是佛光已现
第十一个迤逦登坛的凡客
悄然心领神会，又悄然而退

死去的养鸽人

而今，养鸽人已死去多年
楼顶鸽棚仍在
无人去拆

曾经，养鸽人什么样子?
那百只鸽群
经由他的掌心
编成自由卫队巡游领空
他用百万钱币折叠成
每一只凌空翻转的翅膀

后来，后来啊
养鸽人因病故去
生前的故友，分走了他的鸽群
他的样子，分散在每只鸽子的记忆里
而后随鸽群流失，消散

而有一只，某日烟雨里
从远方孤独地飞回
仍栖息在楼顶鸽棚
四五年了，流连不去
可是，无人喂养它

2018年2月底

无人知晓
它的神经里有什么烙印
它始终保持警惕，高于任何同族
再无缘法，让陌生人靠近
在八层楼顶
夜晚来的不速之客
五六米的距离，已经太近
它振翅而起，或许梦境空空

梦或死别[①]

祖父跨过那道蜿蜒斑驳的旧墙
要给幺孙买一块糖果
可他消失于旧墙之后，再没回来
幺孙哭泣奔突，要越旧墙去寻祖父
却被母亲按住，按住他的悲伤
和他曲折又倔强的成长
他冲他们哭吼，吼声却被铙钹声吞没
——心跳如撞钟，他睁开眼，仍只有黑暗
母亲的音容倏忽消失不见

2019年4月19日

① 此诗献给我的祖父。

楼下，祭奠亡灵的法事正在进行
铙钹声与母亲去世时的如出一辙
叮嗤嗤——叮嗤嗤——叮叮——嗤——
第一夜的暴雨洗净了人世余恨
今夜是最后的送别仪式了
——约莫一年间，这样的送别
是第四次，还是第五次重复
在这几栋楼的陈旧小区?

数日前抚摸过的西洋杜鹃
仍开着，淡粉色有静物的美
万年青根部的土
才被谁动过，露出新的痕迹
花圈斜倚，新条幅上的字迹
被雨水冲洗后，模糊不清

而今晨下楼后，小区已恢复安静
只有那些麻雀尚未飞回
只有纷乱的纸屑和烟蒂
在雨渍中浸湿，零落不堪

失心疯患者

身在人世镜像里
他需要抽身出来
还原成一只垃圾袋
抑或一块破砖头

酒是神赐之物
酒里藏着真实
他泼酒焚烧
怎么堆叠都不顺的脏腑
和怎么理都是乱麻的神经
还有肠胃里藏着的曾经
曾经，他是鼠
在猫嘴下惶恐挣扎

到底何处才是镜像？
他吞下苍老和迷乱
在虚无的暗道里
吃力地抛起一块废铁
重重砸向脚下的荒凉
伤痕凌乱，深浅不一
如同一些旧梦，丑陋不堪

2019年4月30日

在臆想中

他变成兽　一生屈辱

被驱逐离群，却无处可去

他向着鬼神咆哮

龇牙撕咬着空气

却连死亡也是奢侈

祭母亲

2023年12月12日

在时间向度上

母亲早已变成过去的指针

在命运急切的催促下

我们都来不及告别

我抵达时，母亲的灯盏

已经燃尽

母亲的墓，头枕石根

石脊暗青，仿若她少言寡语

几年间，蔓草长得漫不经心

草根无法回伸

连接上她荒凉的身世——

是大姐，她埋下一地风霜
为弟妹收回一寸阳光
是母亲，她沥干心头血
熬成营养粥，喂给六个子女
是患者，她异化为储药罐
十五年药渣沉积，将生命填满
是女人，她连一株野山茶也叫不醒
只有年华如雪，倏忽就将她吹老

把愧悔按在三个顿首里
燃香烧纸，那深色火焰
如一片经霜的红枫
亦如深色的疼痛
在冷风中欲言又止

后记：
2018 年年中，身受十数年病痛折磨的母亲孤独离世，我却无法写出只言片语以示哀悼，直到这么多年以后……一甲子的霜雪层层覆盖于她凄苦的命运，虽解脱而去，但她在我生命中留下了无可挽回的痛惜、怜悯、遗憾，每每思念，悲不自胜，泪难自禁。

流年心灯

卷三

彩虹的证言

一忽儿飙高三个八度
一瞬间突破极限低温
正余弦三角函数
解不出爱情流星的运动轨迹
变幻莫测又华美动人
才是爱情的物理属性

别名

谁知道我的别名?
在地老天荒、宇宙回缩之前
我热烈而又颤抖地
绽放在你面前

你舞着蝶衣越过我
穿越亚马孙丛林
在那里，你的每一呼吸
都让我的心跳变成风暴

戈壁越来越瘦了
时间在我的眉心老了
你的容颜却在我的心里
鲜艳地开了

一次次寂寞绯红时
你是否才会记起
我的别名依旧是
一朵小花打开时
忍不住的哀伤

2002年8月21日题 / 2008年9月2日诗 / 2023年12月10日修改

往誓

若蜂房被拆毁
甜蜜给了蚁群
流离的蜂子折断了翅膀
残缺的忧伤酝酿在尾针上
想狠狠蛰谁一下
拉出肝肠　一道赴死

与繁花的誓言
是缤纷的往事
绚烂中的凋零
已深入一场雪的迷离
时光是一种延时摄影
那一场青春欢谑
只是某一帧　快如闪电

七月的雨丝[1]

犹如邈远的鸟啼
盘旋于夏日滴翠的林子
岩上溪水潺湲
有飞鸟的投影
山间花开
是一段自顾自的旅程

一如淡忘的烈酒
醉倒的
是流浪的回忆——
你在七月雨丝的伞盖下
放下青春的云鬓
掩不尽羞涩的美
眼底风波寂静
似一尾美人鱼
忽入我心的闸门
激起飞扬的浪絮

雨中众生
已无众生相
我亦无我相

2006年1月2日诗 / 2023年10月30日改写

① 致生命中最强烈的悸动，她已经在岁月中走失。

只有你在那天地间
在流动的七彩伞河中
亦幻亦真

在虚无的楼上看雨
雨也虚无啊
等待是虚无的
结局同样虚无
虚无那么瑰丽！

等伞盖关闭
等你近了
我就转身

2006年5月24—25日

恋人[①]

也许
我将抛却心脏和神经
放弃飞翔的翅膀
遁入泥土

---

① 此诗献给高中数学

以彰显我的赤诚　我的爱

我们很近　近在天涯
我们很远　远在咫尺

你的裙角使我的诗句忧伤
它老去了
在你的光彩中

你不给柔情
只把痛楚不断抛向我
最后赠我以毁灭
老去了的诗歌
储存不了你的爱情
我输得一败涂地
陶瓷般的生命
被你轻轻打碎

而我只为你
献出一个诗的季节
我的渴慕　在你的裙裾飞扬

我的爱是野马狂奔
驰骋千里丈量你的笑容
却被你牵进沙漠

埋骨黄沙

以将熄的诗句
为你最后歌唱

温习一个女子

2007年12月上旬至下旬

我千万遍地温习
一个女子　发丝绾结成愁
一个女子　是一汪春水
清澈的伤
一个女子　在一把伞下
穿一身紫衣
易被一滴雨湿透
宛若归不去的惆怅

我千万遍地温习
一个词　在一个女子的眼里发光
一个词　被一个女子
在唇角流放
一个词　一个传说中
逃不离一个女子

却引领着所有故事
开满女子归不去的过往

我千万遍地温习
却难敌时光
淹没
那个优雅的女子
走进雾里
婉约在
迷离惝恍

如果不是如果

——给倩

如果你随手掷弃了
千百年前
我慌乱的心跳
不愿追问什么
我只是向着云朵远去的方向
向着玫瑰
茕茕孑立

你以一朵雪莲的姿势转身离去
在晚风中绰约如泪
你越走越远了
我的眼角也慢慢铺满阳光

如果东风吹不开
许愿树上
你含苞待放的诺言
我便只能苦守树下
等待花开
每日
咬破手指以鲜血写下
你始终不肯绽放的蛊惑
希望路过的人
把我老死的身躯
葬进花萼守护你

2008年11月18日夜诗 / 2008年12月15日夜修改

在秋千上等你

2009年6月10日

钟表停止了微笑
在寒风来袭之夜
你停止了阳光灿烂

当我披着长发与你擦肩而过

我一生仰望的人不多
所以我不愿仰望你
仰望你像仰望梦一样疼痛
我需要你淡若夕阳
借凋零之际壮丽

我等候你
像桐花等待桐花凤[①]
不能自已
又像华年难禁叹息

杜鹃啼鸣了一声
我在秋千上呆坐了一天

比喻你

比喻你　一些新奇的意象都如百合凋谢
窗台外桐花滴雨　每一朵紫色桐花飞落下来

① 蓝喉太阳鸟的古称。

都没有你转身时的暮光决绝　每一滴
清冷的雨水垂落下来　都没有你
电话里的声音残忍　你离去后
又不知为什么　一次又一次
在我的博客里出现　还突然地
在我一抬头一低头的间隙
走进我的记忆里来

比喻你　阳光太过直接　晚风太过婉约
某个竹影轻摇的午后　我们相拥在忘川之岸
咖啡在石桌上冷却　白云拂过杯口
拂过你如河流的长发　投影在你的眉间红唇
你低胸紧身的衣衫　被青春赋予了无法猜测的神秘
那个午后你的狂热你的激情　被我写成诗
写在你秘密的身体上　写在秘密的时空里
那个午后你是一杯咖啡　是挂在墙头的日历
那个午后成为忘川　成为一种情爱的比喻

比喻你　我撕下洛神画布的一边
你不像那洛水柔波　潋滟如春
你不像我排列在沙漠的绿洲　那么
欣欣向荣地生长　你不像芭蕉
不像樱桃　不像火　不像墓地　不像蛇
不像井　不像祭祀　不像西畴阡陌
不像林间夜莺　不像诗

2010年3月15日诗 / 2023年12月28日微改

你是我身体里的夜色　漆黑如毒　我的
血流在漆黑中逆流　在一个白雪的冬天全部苏醒

比喻你　全部的语言苍白而喑哑
就如同忘川不语　就如同
我的王位　我的江山　我的岁月
比喻你　不能以我的精神　也不能以我的身体
落日里的血流和骨头里的哀伤　海底的
隔离和地心的炽热　用以比喻你　都如一粒石沙
一片雪花　比喻不了你的多情你的冷漠
我现在以鼠标点击你以光标删除你以 Word 编辑你
你到底是我的情人　我的命运　还是我的妄想?

在厦门

想你曾住过哪栋锦绣洋房
三角梅开得太过　你是否喜欢?
那满墙青藤覆盖你的屋顶
试图爬进你的户牖
转达我默然的问候　竟夕的欲言又止

鼓浪屿沉浸在柔波中
如你的秀发湿润　出浴般楚楚动人
从内厝澳上岸　可否走进你寂寞的岛心?
岛心　有书卷摊开　咖啡正送至你面前
夕阳斜斜地注入杯中

在海岸边　凤凰花是灿烂的思念
我像潮水一样　不远千里涌来
彳亍逡巡　又缓缓退去　日夜起落
只为寻找你曾经写在岸边的足迹
和你碧海蓝天间的绰约风姿

在星光如眸之夜梦你
你的眼睛天青　笑容海蓝
你的衣襟卷起浪花的白边
你住在那风情婉约的热带植物间
读一封信　温润的忧伤如此地物候

2010年5月8日诗 / 2023年12月29日重写

爱的咏叹调（其一）

镜湖·莲

五月如一面琉璃
作画之人，画笔引清波穿过莲叶底
让一支荷箭刺破镜面
涟漪微微地颤抖
那是他的爱情之矢穿透爱人的心扉

羞怯的笔触转为大面积晕染
莲叶打开无数把伞为他们布景
那蓝色不再像诗人眼里的忧郁
芭蕾舞女的裙裾洁白
在天鹅湖上飞扬、回旋

垂老之时，仍爱她的枯瘦之躯
他画那么多莲蓬，莲子坠落
未说完的蜜语、遗憾和牵绊
都徐徐地斟进去，颤巍巍的语调
与当初的告白别无二致

前世，他所爱之人涉湖而过
化为一朵白莲，枯萎在繁华的尘世

2010年5月25日诗/2023年12月31日改写

今生，他在这湖畔流浪、彷徨
化身一滴清水，等她从枯萎中醒来
再次变成那白莲，在他怀抱中，飞翔

桐花·凤

2010年5月27日诗 / 2023年12月31日改写

春已黄昏，天也黄昏
一朵桐花在高枝上翘首
等待一只桐花凤
雨露在紫色桐花上流动
飘零在南来北往的风中

桐花凤舞着霓裳飞来
桐花娇羞地扬起脸
桐花凤的吻是悠长而深情的[①]
桐花将眼泪、甜蜜交给他
颤抖和忧伤也交给他

等花露都从桐枝滴落
海誓山盟无须说出口
匆匆人世，拥紧一次就够了
桐花凤转身飞去

① 桐花凤即蓝喉太阳鸟，其喙细长，可探入花朵中吸食花蜜。

仿佛烟消云散，在梦中
“妾似桐花，郎似桐花凤”①
花有花的多情，鸟有鸟的迷踪
花露终会打落在江南江北
人间总有这样的情爱
如薄而锋利的刀片，切开心尖上的嫩芽

玫瑰·夜莺

深夜，谁在呼唤玫瑰？
那呼唤有洞中岩滴的清幽
声音火红如花簇，如玫瑰的头饰
玫瑰斜倚枝头，她自视高贵
一支山野情歌
无法抵达她的宫闱

在五月的花座上
谁才是玫瑰的情人
举手摘花而不被刺痛？
谁是玫瑰的新郎
可揭开大红的帏帐
共赴巫山云雨？

2010年5月27日诗/2023年12月31日改写

① 出自清王士祯《蝶恋花·和漱玉词》，原句为“郎似桐花，妾似桐花凤”。

一只夜莺着棕褐色衣衫
徘徊在林间，餐风饮露
无数次酝酿勇气，终于
衔爱神的诗篇飞过竹枝
停歇在玫瑰的尖刺之间
歌唱，声如环佩，哀若流云

玫瑰在黎明挽起云鬓
画上红唇。王子未来
夜莺却献出他忧郁的告白
然后敞开胸膛，撞上高处的玫瑰刺
夜莺之血将玫瑰染得绯红
又自她的眼角滴下，成为玫瑰之泪

玫瑰在六月就出嫁了
王子的白马奔腾成河
水晶宫殿耸立在城市中央
万花匍匐，也暗藏着毒
玫瑰刺上的血迹若隐若现
树根，夜莺还剩一小撮枯骨

杜鹃·杜鹃

抬手，从你鬓边摘下那朵花

它的名字叫杜鹃
你坐在满坡花朵下
不抚琴，不荡秋千
阳光荡漾在花朵间
在你起伏的眼波里消失不见

我曾经打马穿过薄暮
看见这花朵铺天盖地
你头戴花冠，坐在芬芳中央
痴盼那远行的归人
我以为，我这瘦马断肠人
会是你很久以前的思念

杜鹃自山间飞来，停歇在枝端
啄食酿满蜜汁的花瓣
就如我，就如我曾热泪盈眶地
吮吸你唇间的甜蜜
前世的门开了，那急促的战鼓
敲打着两颗心跳，节奏强烈

前世，我逐王师征战
瘦马死在黑云漫过的大地
归来时，抬手从你鬓边摘下一朵花
它的名字叫杜鹃
鲜血在你耳鬓殷红

2010年5月27日诗 / 2024年1月1日改写

在你怀里，我有遗憾的死亡

我的灵魂就是那只杜鹃鸟
日日从你的屋檐飞过
口中血滴落在你的衣装
你便开成千万朵杜鹃花
而你不再认识我
你等待的，是一段迷糊的幻象

今生，我走出传说
抬手从你鬓边摘下那朵花

爱的咏叹调（其二）

极乐鸟[①]·单

将整片珊瑚海裁剪成彩衣
穿上，在新几内亚的丛林舞蹈
除穿林打叶声，无需其余伴奏

① 主要生活于新几内亚岛，被誉为鸟中凤凰。爱顶风飞行，故又称风鸟。其羽毛鲜艳，体态华丽绝美，又被称作天堂鸟、太阳鸟、女神鸟等。

每一根羽毛都用以歌唱
在高枝上筑巢
风和阳光在摇晃

信念和爱情，在风中
顶风飞翔，像一个朝圣者
在每一种可能上离群索居

一生都在向着太阳飞去
向着那极致的光辉，飞去
诗人的诗篇，在光辉中烧成灰烬

一生都在向着爱情飞去
向着穿心的思念，飞去
无休止地飞翔，无期限地流浪

偶尔飞过天国
饮那植株上的甘露
焚烧翅膀，给人间烟火

一只凤鸟疲惫而死
鲜血化成另一只鸟
继续高歌，向着太阳，顶风飞翔

2010年5月29诗/2024年1月1—3日改写

相思鸟[1]·恋

朱红的相思显而易见
形影不离，在枝柯间
啄食漏下来的斑驳阳光
在溪畔、河边、池塘或沼泽中
跳来跳去，寻觅着情根

相爱
在某个朝阳穿过记忆的早晨
流水清冽，林花散发着持久的芬芳
在枝叶的手掌上
我们交换温热的吻

此后，每个白昼同飞
每个夜晚同憩
把相思红涂在彼此的羽衣上
深入基因之红
风雨洗不净，时间无法漂白

直到某一种命运驱策我们
随森林后退，退入两座囚笼

① 有红嘴和银耳之分，红嘴最常见。因雌雄鸟经常形影不离，对伴侣极其忠诚，故称相思鸟。

日月山河皆为前尘旧事
只在荒诞的剧本里，随剧情
面对面相思

孔雀·离

有什么牵挂，遗忘或是等待
压在翅膀上，沉重不堪张举
冠羽上，气流逆转
牵引着他折身飞回
如是来来回回，路途上
草木枯荣，野果腐烂坠落

到底有什么遗失在了过去?
在孤独的路途
他找不到一块歇息的石头
徘徊中，石头腐朽为泥
舍和离之间，肺腑被烈火焚烧
被风雪肆虐

为何逡巡难前?
世间最华美的服饰
和向天仙借来的羽扇
都穿戴在身，梦幻般的诗篇

亦不及他一羽斑斓
众生倾倒，云霞羞赧

对啊，那倾倒的众生之一
从恶魔之口引来一场风暴
他们，一个被卷向东
一个被卷向西
风暴中，别离的爱人啊
只给他留下锋利而破裂伤口

向东南而飞
五里一徘徊
羽毛上堆满凄楚
无论怎么也拂拭不去
可是，那东边的海面上
是不是也有了风波？

荆棘鸟①·绝

一定是在落日最绚丽之时
一定是在荆棘最顶端之上
一定是在那次绝唱之前

① 又称刺鸟，传说为南美的一种珍稀鸟类，羽毛鲜艳如燃烧的火焰。执着于寻找荆棘树，最终歌唱着撞上荆棘树而死。

它从百万里云山外飞来
原本的巢已经被风吹翻

为着那株梦中的荆棘
它经历过侵略之战、海水异常增温
高原被沙漠吞噬、病毒漫卷全球
它躲过洪水、毒蛇，可怕的捕猎者
还有种种

那株荆棘出现在漫山遍野的烈火中
荆棘啊，它只是一些虬结的秃枝
和满身冷漠而粗劣的利刺
没有一片绿叶显示热情
没有一朵花象征爱恋

可荆棘鸟激动不已
它热烈地爱着的
只是这样的荆棘、虬枝与利刺
愚蠢也好，痴狂也罢
某些夙愿与生俱来，宿命难违

它的翅膀在火中燃烧
它取出歌声，如取出火焰
同时取出满腔热血，喷洒在荆棘上
它哀愁地，哀愁地将身躯

扎上最长最尖的荆棘刺

第一次也是最后一次歌唱
歌声绝时，血亦流尽
身体也化成灰烬，随风飘散
野火熄灭后
荆棘醒来，缓缓长出新芽

2010年6月5日完稿 / 2024年1月4—6日改写

爱的咏叹调（其三）

珙桐[①]·情殇

在凡尘古旧的牛皮卷上
有过这样的记载：

暴雨，持续拉开沉重的帷幕
白鸽公主射杀宫墙守卫
越过丛林、陷阱与黑暗

① 国家一级重点保护野生植物，是6000万年前新生代第三纪留下的孑遗植物，第四纪冰川时，少量幸存于祖国南方。其花犹如千万只白鸽栖于枝头，美丽动人。

在密林深处，腐烂的层层落叶上
她寻到了爱人的尸体

穿胸之箭，她曾用以射杀野鹿
半截玉簪，在他掌中攥紧
剩下半截，是她最珍爱的头饰
她拆下，长发披垂。这一夜暴雨
山体轰然倒塌，泥石流
哗啦啦地坠入她的肺腑

她的爱人，他曾是猎人之子
珙桐。在林间
他是矫健而从容的林雕
时而盘旋于林稍，时而掠地飞行
或迅速地穿越密林
飞鸟、五彩雉、蟒蛇，都是他的猎物

她呢，公主殿下，林间美人
耻于媲美林花，却爱山风、野树
她有鸽子的矫捷，爱纵马奔驰
她就是一匹马驹；爱挽弓射猎
她就是一张强弓，或离弦之箭
他爱雄鹰的双翅，驭使自由的长风

某个清晨，露水还未离开绿叶

花朵全部醒来，白鸽却丢失了白马
坠入陷阱，与巨蟒同穴
巨蟒的信子是女巫的长鞭
身躯是魔神狂舞的龙卷风
将她卷起，送入腥臭的地狱

而猎人之子化身巨鹏
收敛双翼风驰而下
夺下她的玉簪，刺瞎巨蟒之目
剖其腹，如剖开青春之蕊、爱情之谜
她将玉簪一折两断
一段赠爱人，一段簪发，如簪相思

赠你鹿角，赠你狼牙，赠你繁花
赠你林间冰雪，赠你树下阴凉
赠你最芳香的情话
赠你最柔软的嘴唇
星月为证，岁时为凭
他们互赠过自己，和皎洁的灵魂

满天繁星缀于霓裳
白鸽穿上它，告诉国王
关于珙桐的名字、英勇和真诚
关于她的眼睛、血液和心脏
关于她岁月中的灿烂与繁荣

而国王，愤怒地摔碎了夜光杯

…………

这一夜的泥石流坠入她的生命
眼角的红泪染红了素衣
一株树苗自珙桐的心脏出发
应风而长，一忽儿就成了参天大树
白鸽胁生双翼，飞上枝头
那玉簪合成整支，变成了花蕊

——牛皮卷的记载，遗落在地球上
像一块活化石，或一条法律条款
确定了那段爱的合法性

红豆[①]·闺怨

在南国的小径上，草木荣发
红豆杉上挂满红豆
哪一颗甜蜜，必是你所赠
哪一颗苦涩，定是相思绯红

① 红豆树、海红豆和相思子等植物种子的统称。传说，战国时韩凭之妻何氏貌美，康王夺之。韩凭自杀，何氏亦殁。康王怒，使人分葬，两冢生木，根枝交错，人称相思树。另传，古时有男出征，其妻朝夕倚于高山之木祈望，泣血化为红豆。红豆生根、发芽，长成大树，结一树红豆，人称相思豆。

两只蓝鹊共栖枝上

哪一只是何氏？

哪一只是韩凭？

哪里可以看见战国烽烟？

相思树下，看不见边塞战场

我只梦你，伤口里滴出的血

那是我滂沱的泪水凝结而成

春风从来不老，而我的鬓发白了

不见你归来

为你点燃的那盏灯

渐成幻梦，渐渐熄灭

回文诗里，你仍是少年模样

那一树红豆，每一颗

都是我虔诚不寐的心

每日摘一颗，计算你离去的日子

红豆腐烂了，却有谁收？

桂花·天仙

如果岁月之马未被长鞭催打

未入烟火人间，仍停在

悸动与青涩之间
我愿挂出那轮明月
你住在其间，我的相思
长成一树朦胧的桂花

你为仙，我为凡
拆下骨头和牙齿
抽出周身经脉，搭建天梯
仍无法触及你
如果，我是一片巫山之云
能否飘进你的窗台？

你的唇如桂花般芬芳
眼睛是两脉天泉
可解我的渴症
但你最好别想着伐桂之人
如你将月灯也熄灭了
我将如飞虫，卑微地死在黑夜

给我的思念留些水草的倔强吧
这人间如流水
一晃神，我就会满头白发

丁香·红尘

在雨中，紫色的蜂子密集于枝头
别碰，若触及灵肉
会有蜇痛，有喧闹的哀愁：

在李商隐的诗中结满哀愁[①]
在李伯玉的词中结满哀愁[②]
在戴望舒的雨巷中结满哀愁
在唐磊的歌声中结满哀愁

每一朵紫色小花
都是一种爱的宣言
柔弱却决绝，如千年前
店主之女的死亡与永生

她爱的赶考之人
千年后变成我
我仍一遍又一遍地画她的容颜
一遍又一遍地，念我写的悼亡诗[③]
几只蝴蝶停歇在丁香花上

① 李商隐诗《赠》曰：“芭蕉不展丁香结，同向春风各自愁。”
② 李璟，字伯玉。其词《摊破浣溪沙》曰：“青鸟不传云外信，丁香空结雨中愁。”
③ 传说，一年轻书生赶考，途中逗留在一家小店，与店主之女相爱。店主不肯，其女气绝身亡，坟头上长出丁香，繁花似锦。

被雨水打湿翅膀
也成了几朵生灵之花
诗与画笔，均无能描绘

我只是擅怀旧之人
举着紫色花朵
哀悼红尘中爱情的凋谢

耶利亚[1]

我们曾是散落在大地上
闪着光各自奔腾的河流
清澈，明亮；忧伤，欢乐
携带着彩色石子和晶莹之梦

而如果我们跋涉千里相会
生命、情志融在一起
那滂沱的水势将制造壮阔的风景
我们的梦想、爱情是五彩斑斓的鱼群
自由地穿梭在柔波里

2010年9月19日诗 / 2024年1月12—13日删改

①《圣经》中记载的先知、新疆传说中的女郎、梦中情人或其他。

就算曾是随着创作灵感
忽隐忽现飘忽不定的音符
向南，向北；向冷，向热
带着神秘感和不确定性
命运也可能让我们
顺着一种激情，在一段旋律中相遇

耶利亚，北极的冰雪，锐利的风刀
我曾是潜伏在云端
一次次鸣叫着俯冲风暴的候鸟
你考验我吧，释放你所有的寒冷
偷袭我，封锁我
在酝酿爱的过程中，我能承受一切

耶利亚
我们总会飞越暴风雪相爱
波涛怒吼，海浪翻滚，但我们
会像雪雁、白鹳、信天翁，或北极燕鸥
开始我们命定的迁徙旅程
我们将飞越大海、城市、高山与荒野
抵达终老之巢

别离·念想

古人
在长亭骤雨初歇时
摘下清秋杨柳
写一段离愁别绪

在这个仲秋　暮雨纷纷时
我很想回到那沉沉暮霭中
问那凄切寒蝉——
你为什么喑哑了?

长亭失落在历史长河中
秋天仍然年年重复
为什么那段多情离别
也成了无法追寻的逝去?

你的头像在屏幕上闪烁
不冷不热　你说了些什么　微凉
我顺手熄灭了一盏灯　告别
黑夜从眼底穿过

从古诗词中醒来
窗外绿柳依然

2011年9月7日/2024年1月13日修改

休闲亭中，已无你的踪迹

在梦中，时空中的事已交叠发生

爱有结局，情却难了

爱，悄悄隐身

我只是静立千年的海崖

迷恋于你千姿百态的海浪

看你妩媚起舞　若即若离

喜欢聆听你洁白的涛声

豪迈　壮阔　起伏不绝

有一天　我突然开口说话

对着连绵的波浪吐露心迹

我的柔情将我粉碎成沙滩

夕阳铺下光辉　水泛金光

你微微拍起几朵浪花

渐渐朝远处退去了

为什么　你不留下一句答辞

2011年9月9日

哪怕比这秋夜还凉一分
比这流水还淡一分
比这岁月还寂寥一分
我的惆怅也会
化作相思鸟为你歌唱

你从 QQ 上悄然隐退
屏幕上似乎还余留着你的背影
窗外天幕上不见一丝云朵
像你的身段一样婀娜的白云
骤然消失了　甚至没有刹那的投影

2011年9月10日

那一刻，你旖旎了天下

没有一朵花开比你生动
没有一部电影比你扣人心弦
没有一种辉煌比你耀眼
你头环黄山云　肩披蓬莱风　身流东海波
你站在那里　成岭成峰
你是最浪漫的风景　旖旎了天下

在多岔的路口　落花正要沉睡
背对宁静　面向黄昏出口的是你
我从远处缓缓而来　缓缓而忘记我的呼吸

你是电芒穿透我　刹那间毫无余地地穿透
你永远无法聆听　那时我的心跳
婉约在那个黄昏　飘零在那一顷瞬

如摇曳的蓝色妖姬般
带着忧郁的蓝　芳华倾泻而出
你从暮光中回身　那一回身
打翻了相思的美丽
珠玉玲珑剔透　弹跳在透亮水晶屋
那是我今世无法忘却的哀愁

我愿在佛前起誓
今生来世　化身一只华丽琴鸟
流浪丛林　寻找你爱的香草
只为你展示竖琴般绚丽的羽毛
只为你炫酷豪舞　如风飞翔
只为你　组合万千旋律歌唱

2011年9月10—11日

曼陀罗，在身体里生长

你如同那一片寂寞　多彩而又仿佛无色
流淌在我的瞳孔中　包裹着我的情思
随便几丝涟漪　也如致命的香醇
我摊开掌心　岁月如同大雪迷城

城市中央　你是否写过
这场雪像一场不了的思念？

你如同高崖深渊　充满秘密和诱惑
我要如何转身　放弃年轻的冲动
抚平体内的热血　不再以身犯险？
当山风涌起　你还是用山岚澒洞全貌
曼陀罗便从我身体里一丛丛长出来
花刺沾满我的鲜血　花瓣缭乱缤纷
缓缓飘落　被风撕碎　只为靠近你

某日某个时刻　你的蛩音很远
又突然很近　如同明灭的希冀
有时近了　一时又飞入缥缈虚无间
你敲键盘的手指
始终隐藏在弥漫的夜色中
无法猜测　它今夜是不是有几分犹豫

我是无处漂泊的静谧的大海啊
密如星点的鱼群是浩荡的妄想
如若你是鹈鹕　流星一般惊艳
凌空坠入我的波涛　欢快猎食
我妄想　我们骑白马驰骋而去
在波巴布树枝头　近距离观看
硕大的花朵奇迹般打开的秘密

离别后，廊桥听风

2011年9月11日

离别后　秋风灌满廊桥
湖柳依依　流水也依依
它们无心去管　一个人的落寞
只要情侣们依然甜蜜相拥
坐在岸石上谈情说爱
那么剪不断的惆怅　永远只属于词语和诗句

离别后，就一个人吹风
看雾起地洞　模糊山野
风无需对雾承诺
风吹雾散　只是为了美丽
你无需对我说话
你舍弃我　不是为了伤悲

离别后　鸟在枝头窃窃私语
似乎　要在某个恰当的时刻
请我加盟　共唱萧索的离歌
而我　默念着英语考研词汇
随口　独吟席慕容和雪莱
或是突然地　失落成一个呆子

离别后　长街很长

香樟不香　菊香一如既往
晨时临窗　饮下一碗清凉
临帖时笔迹拐了弯　起了太多跌宕
无法定位的光标笑我
一分思量　二分柔情　七分痴狂

爱情穿了谁的心

多义的爱情命题

2014年12月4日

时间正一截截烧成灰
从眉梢拂落　却堆满灵台
灰冷的疼　寂寥的空
层层深埋　最贴心的肉
名叫爱情

心是无法抓握的透明的杯盏
繁花的香缓缓注满
被阳光煮沸了
那滚烫的灼热　致命的煎熬
分明也是爱情　蒸腾着迷离香梦

一忽儿飙高三个八度
一瞬间突破极限低温
正余弦三角函数
解不出爱情流星的运动轨迹
变幻莫测又华美动人
才是爱情的物理属性

听着一阵风从远处吹来
万般风息都是爱的气息
雾霾也随风而至
心花微睁双眼　对着风的嘴
瞧见缥缈不定的舌头
似乎在解说　爱情的唯一命题

2014年12月6日

毁灭的暗恋圣歌

抛掷出全部悸动与热切
折叠青春湿淋淋的话语
目光追随那朵云拐过山脚
无根的云下　是无根的影
飘摇不定　呼吸也一起一伏

她消失了最后的形影
擦掉诗歌最动听的押韵

太阳将最后一丝光芒收回锦囊
黄昏壮阔的落寞
一瞬间将光明清扫进暗夜

风从街道那头吹到这头
我知道她从风中走来了
时光最脆最薄最透明的部分
清晰地展露
我的慌乱是多么缤纷

偶尔的惊鸿一瞥
灵动的双眸深藏的狂飙
倾覆了灵魂的岛　缤纷化为乌有
九天雷电闪袭肉体的海陆
脆薄的青春顷刻被击为齑粉

如同末世天劫
放养自卑的黑海仰对着漫天阴霾
忧伤在天地间翻涌咆哮
哪怕痴迷犹似地下王国般富饶
也只能让黑海　用一万年淹没

唯独信奉的菩提树
在胸腔里发芽　成为我的宿主
只等疼痛滴血浇灌

然后绞碎我的骨骼　刺透灵肉
拔地参天　像佛一样不死不灭

魔邪的爱情因果

2014年12月6日

在激越的爱情里流浪
这诗意的旅途　孤舟逍遥
以为江河是两个人的甜蜜
以为天空是献给翅膀的广阔

在流浪中　必须宿醉一场
两个人互相干杯　嘴对嘴
喝干彼此喂过来的蜜酒
爱情是唇齿间的温度和浪费

醉意越来越深
像从水底仰望天空
天和水已胶着在一起
梦和醒凝结成玄冰

我们开始交媾
瀑布的喧响就是动情的喘息
在肉体深处摸索
酒精度更高、层次更深的醉

尝尽最后一点甜蜜
喝干五湖四海最后一滴水
酩酊醉潮在体内汹涌不息
怀抱日月和星星　酣然入睡

一种荒芜深入梦境
我甚至感觉到身体正在变成细沙
风吹过　赫然露出蠕动的肝肠
极度的惊恐破体而出　遽然睁开双眼

天地间只有风沙
身体已被侵蚀成筛孔
风穿过去　沙子留在肉里噬咬
疼痛霸占每一条神经

环顾四野　天地茫然
河流、黛山　盛装甜蜜的酒杯呢?
还有我的她　我的快感　我的爱情呢?
只有孤舟在沙堆中露出一角骨架

茕茕孑立　孤独、茫然、无助
如噬心的蝎子　在心肌上注射毒素
千万只毒蝎从一双妖异的眼里爬出
那双白骨爪　在我身后招弄着风沙
焦渴直入地心　摸不到源头

用血清洗黄沙　洗净每一粒沙的原罪
最后一滴血滴落　肝肠和四肢也枯萎
喝干的水　就用血来赔偿吧

2014年12月7日

死去的分手之夜

我死在寒冷的夜里
那一晚是白雪埋葬我
无人知晓　无人问津
无人怜悯我小小的死亡
和死后依然挂在脸上的泪冰

心甘情愿喝下太多爱情剧毒
最后被一杯分别催化
腐蚀了心肺　呼吸停止
焉有不死之理

是的　离别　残忍得就像刀
把心尖上唯一跳跃的烛光剜走了
空洞的身躯变成强力吸盘
把黑夜统统吸进来
身躯变成盛装黑夜的囊袋

可是我无法承受整个黑夜压进来

于是我害怕了　恐惧了　癫狂了
我无所适从　黑夜的翻搅
让我的心变成了修罗场

更何况　黑夜在我的胸腔里
实施着惨绝人寰的酷刑
剃白骨架　放出骨髓
和着血肉的浆糊一起喝下
痛楚是满手血腥　温热而黏稠

无边无顶的须弥山
疼痛的轮廓广袤而高峻
佛陀却要将它放进一粒芥子
而那粒芥子正是我的心

被疼痛无限撑大的心啊
忍受已无济于事
挣扎吧　飞扬开来　破碎
黑夜不退　屠刀不停
那就干净彻底地死

有多少疼痛容纳不下
就有多少眼泪滔滔不绝
那灭世的洪潮穿过身体
却无法洗净这绝灭般的伤害

那一晚爱情也死去了
就像冻僵在脸上的泪冰
就像我小小的尸体毫无生气
我不知道黑夜是否已经被白昼驱逐
而我已进入下一场轮回　等待涅槃

2014年12月11日

险恶的爱情旅途

从诗行的肺部挤出
还剩下一点点力气
一滴水尝试从浊潭跳出
寻找原初洁净的自我
以及另一滴洁净的水
爱的证言啊　晶莹剔透的质地
为什么要变异?

世俗的火　金钱的火
将爱情抹上香油　反复烧烤
焦脆的香气飘满市井街头
肉欲的快餐　满足了食客的胃口
爱的柿子鲜红　腐烂在垃圾堆里

不必再去腐臭中翻找了
除了馊掉的浪费　半旧的日子

就只剩安全套和避孕药
朝阳不是从这里升起的
月光也不是从此落下去的
这里没有希望　没有干净　没有爱

可我是沙漠中寻找水源的旅客
焦渴得嘴唇皴裂　三步一磕头
吐着血向虚无的神祈祷
施舍一道神谕　指引我
在漫天黄沙中找到爱的圣泉

我知道森林正在魔术中消失
但我还是骑着飞鸟　骑着独角兽
去寻找生长在神秘树上的爱情
它抖开花裙　美丽冠绝天下
芳香弥漫　覆盖诗的韵脚
猴群尽管嘲笑吧　饿虎尽管撕碎我

我只想去摘一朵爱的圣洁的花
为什么旅途会变成无止境的放逐?
漠漠沙海　莽莽森林
百虫噬心　万毒穿肠
如果死在半途　我愿成为殉葬者
被分解为最卑微的尘土
滋养神秘爱情树　让它生长

像印尼群岛一样相爱

2015年3月7日

起初，我们的爱是一整块大陆
岩石集结如同誓言，叠起千峰奇观
在厚实的大地上，我们狂野地相爱
而不必担忧它会破裂，拆成一块块悲伤
风搬走了云，碧空蔚蓝，阳光直透幸福的川流
爱长成芳草，绿满天涯

后来，在亿万年的星河穿梭中
大陆被爱的热力由内而外地煮沸、喷薄而出
被爱的引力挤压，岩层错断
被爱的浪潮日夜切割，被爱的浮力渐渐分离
大陆终于分崩离析，抛出不均匀的碎片
散落茫茫汪洋，遗留在隔绝的世界

经历过几个光年的彼此伤害
保留着岩浆翻滚灼烧的疼痛
还有多少次暗流涌动的挽留
数以万计的岛屿，彼此对望与拒绝着
翕张着冷却的嘴，曲折着舌头
再也说不出一整个大陆的甜言蜜语

若你站在西面的苏门答腊

而我站在东边的新几内亚
邀约群鸟合唱，万兽为我和音
唱一首热带悲歌，不沉于海
而是被苏拉威西托起，抛给婆罗洲
再抛给你，你是否能听到，是否也心碎

经不起万岛式迁延跌宕的爱的煎熬
我要穿越浩瀚森林和万重峰岭，奔你而去
但喀拉喀托竟然发怒，盛满我们眼泪的
马六甲、望加锡和更辽阔的深渊巨壑重重阻隔
就算我终于来到你面前，还有一千多种语言
封禁了我们的舌头，使我们再不能倾诉衷肠

就这样相爱吧，以岛的方式
一部分是岛的沉稳，一部分是海的危险
你尽管像章鱼一样诡诈
瞬间变成比目鱼，刹那又是海蛇，来哄骗我
我始终是温和的圣诞树虫，只为你展现缤纷身姿
带你架海龙去兜风，把整个海的奇妙色彩都给你

就这样相爱吧，我们拥有神秘的森林
与科老维族人一起，将房子搬到树顶上去
远离毒蛇猛虎，安居在最接近神的地方
像天堂鸟那样打情骂俏，或者，还可以
做一对红冠犀鸟，以无花果饲养爱情

借玲珑眼镜猴的大眼睛，观看每夜的星辰

致前女友

2015年3月12—17日

半夜睡意被抽离，我起床喝水
看见南边天空都着了火
朋友们总向我说起火幕下的这座城
有夜色作掩护，灯火布置暖昧
幽灵在行动，妖异的花朵散发着奇香
我总是站在南明河的对岸观望，相信霓虹的光
但我知道光背后有影，我只是不关心，关心则痛
我只想告诉你，你离开的时光，我持续失眠

在夜里醒着，也无星星可数
没有飘窗、星幕露台和红酒，没有你
纵然星河灿烂，夜色如画，回忆如钻石碎片
我也无法仰望，也不想低头
在漫长的黑夜，极光飘忽闪烁，是你给过的温柔
破了夜彻底的黑
房间没有华丽的水晶吊灯
节能灯昏暗如你那时的幽怨
所以我不能翻看自己的掌纹往哪个方向生长

收藏在手机屏幕的白昼，又亮起来了
雪原、冰山、冰瀑、冰晶挂毯，广袤的失眠
QQ 企鹅，在极地艰难地繁衍生息
狼嚎、麝牛狂奔、雪鸮扑食，静止的时间
在微信上，我轻轻翻动地球，反复切换南北极
漫长的夜，漫长的孤独，漫长的冷
我披上洁白的皮毛，异化成北极熊，在雪地游走
不确定是寻找猎物，还是寻找光照

从此刻开始溯回
日本早樱的花雾渐渐还原为你的眼神
落地的玉兰花瓣飞回枝头，收敛起好看的容颜
春天还装在冬天的套子里，那时你就转身走了
再往前，是药用植物园中曼陀罗的岁月
那是你的唇，孕育着绝美，也深藏着毒
那年的照片中，整个红枫湖的忧伤，都挂在你脸上

哦，那碧澈湖水，和这夜晚
多么相似……

蝶恋花

迟暮低垂　残花微微叹息
八月的鸟语深藏小巷
一只孤蝶迤逦而舞
翅膀轻敷迷途的彷徨
我追蝶而去　顺小巷而来　而深入
竟深入你眉眼中迷离的过往

休问我　为何多年后还忆起你
我只是恰好想起　春生潮起时
我吻你　一如蝴蝶亲吻花朵
温柔的蛊惑　萧远如穿林打叶声
我恋你　比蝶恋花更真
你却托起红颜退出田园
去向高楼　而我飞不上去

暮色苍茫而滞涩　夜影浮动
最后一瓣残红坠落　蝴蝶枯萎在墙角
憔悴的八月　远未至尽头

2016年8月13日

情字

只被冰雪爱过一次的男人
骄傲地穿过爱情

在通往衰老的卷轴上
孤独每一笔都浓重
而记忆如飞白
被寒冷浸过的骨骼偶尔咯咯作响
多像相恋时的窃窃私语

一个女人的呢喃
藏在出锋那一笔
太美却也太难
很多时候挑笔失败
呢喃成刀

不愿潦草行笔
弄得满幅飞扬
一丝不苟地书写
却落得两败俱伤

冰雪撤离时
墨水翻腾了一夜

2016年8月31日

提笔的人，写下最后一行
却未曾落款

是否已错过？
等不到落款之人
也骄傲地穿过爱情
毕竟，被一个人爱过
也就够了

2016年9月11日

相思月

搬云的日子已过
碧空深长，似泪滴
搬走云
只为见到明月

明月照我还啊
还清流濯足花蝶绕村处
还你浣衣归来
而我打马回眸之时

你是谁家的小溪

自有清浅之姿
月影才过竹林
相思却已成定局

时光越发老旧，抽成丝
像纺线耷拉低垂
谁知月盈缺了几次
不知你纺我的梦境几重

我多希望你来，赠我相思解药
但你最好留在当初，旧梦才圆满
如果你走出明月，桂影落单
我的相思轮必将我碾碎

寄给九月的情诗

——致某

其一

你是暮晚的流霞　不曾许诺天明
你投下漫长的黑夜　布设一场等待

2017年9月4日

雨声敲打窗台　我未曾入眠
走上夜来香枝头　举起玉洁的杯盏
竟夜独酌
每夜　南明河在经络里涌动
几度涨潮　又几度平息
第几次尾声　又想起你
却从未想过黎明

若天明也不是你的承诺
我便去百花湖喊你的名字
千万年　情人泪汇集的湖水
每一缕涟漪都会呼吸　都会疼痛
去湖心岛　收集你的只言片语
待百花谢了　相思染红千岛枫叶
秋未尽时　独卧红枫湖中一扁舟
看你缓缓舒展　再次布设黑夜

其二

2017年9月4—5日

不要揭开屯堡地戏的面具
面具下　哪个勇士不曾思念伊人?
不要摔碎那些古老的咒语
用心打磨成七十二颗连心珠
串成手链戴上　一粒粒慈悲啊

怎不知　落定正中的天际陨石
是火一般灼痛的相思骨?
你赠给了我
是爱的证言吗?

九月　有天凉的消息
茶盏上莲蓬还在生长
盏中的思念怎么也饮之不尽
是否　你在八月时施过魔咒?
莲下水凉凉　你涉河而过
在一株金桂下仰着头
桂花万朵　芳菲一场
你问哪一朵是心跳
哪一朵是初初的悸动
哪一朵是三生三世的缘法
哪一朵　才该是真实的誓约
我何须言语
香包里的秘密渗透掌心
早有风吹桂花香

其三

你说　我是一块石头
是啊　我沉积于天际

2017年9月5日

千万年不言语　只为等你
肠胃里炽热的岩浆
翻滚了多少世纪
一朝喷薄而出　那绝世盛景
是我轰轰烈烈赴死的勇气
哪怕最后冷却成灰
也要留肥沃给大地

而我的骨骼
被风化成绵延的丹霞地貌
残破　枯萎　凋敝　凄迷
但我不惧腐化成泥
迎接你的泪滴
在你指尖捏成泥胎
以烈火锻造骨裂罅隙
让滚烫的爱浇融　缝合
让骨骼重新完整
让火焰成为我的灵魂
让我成为你手中完美的瓷器

其四

借我一双翅膀吧
我好飞向你　飞向云

2017年9月6日

飞向飒飒的秋天
恨不能将整片海洋的颜料倾倒出来
将整个大陆的斑斓放进砚台
用细腻繁琐的工笔画
画成满身羽毛　色彩的秩序
用方程式也无法计算
这是你心心念念的翅膀吗?

前世　我拥有黑暗之翼
乘风飞举　从雪山俯冲直下
带着冰雪的剔透和春的预言
游荡在悬崖之渊　等你
而你羁绊在云水之间
恒星都坠落了　你也不来
任我被流言之矢透穿心腹
陨落在忘川深处

今生　我依然只有黑色的翅膀
穿越黄果树飞来
思慕倾泻成大瀑布浩荡而下
那喧响永不止息
是我在呼唤你的名字
鲜血染红唇齿
长空里十万次逡巡
等脚上也凝固着血红

你终于走出龙宫凤阙
来不及　来不及停落
一只红嘴山鸦　被你挥一挥手
便放逐天际

其五

岁月越积越深
风吹倒了高塔
废墟堆积
是我荒凉的心事

树叶开始摇落
蚂蚁的痕迹清晰可见
鹊鸲在风里啼鸣
每日傍晚　我都找它问讯
但它并不知你眼底的神情

把一窝茅草从风里搬走
搬到小小的客厅
风亦尾随而至
掀动红尾水鸲轻盈的小尾巴
那小尾巴将由白变红
变成我对你的期许

2017年9月6日

我们喜欢谈及植物和鸟
还有风
风是我的名字　我的脾气
我的无处不在随时吹起的相思

时光都吹老了
我的手心长满了铁锈
风吹起时
请以你的手
抚摸我的掌纹

其六

遇见你时
非洲荒漠上的依米花开了
四色花瓣颤抖如你的眼睑
噙着大海水雾　噙着唯一的美
我舍去一座缤纷高原
漂洋过海　来寻这一朵梦寐

夏天落下繁华的印章
造化的手笔叠翠堆绿
清霜歌唱的秋晨
鹤舞沙洲　曼妙被谁画成画

2017年9月6日

极光绚烂北极之夜
仿如梦到天之涯
——都来索取赞美
但我懒于修辞
我只赞美你

我多情的笔
此时却无法言语
锤炼星辰
却打磨不出你明眸的光芒
擦洗明月
又输给了你娇靥的皎洁
撒一把风吹湛蓝
竟在你的纯净里迷乱

太平洋倒卷着波浪
深海里的鱼游出来
冰川无故分崩离析
鹦鹉突然飞离丛林
你无意间惊动的
是造物之梦

遇见你时
一梦是终
一梦是始

花田记事

冬衣染成绿色　就还给树木吧
把枯黄交给我收藏
既然春已启程

城市的花架虽有寥落的芳踪
而丛芳已蜂汛般赶往花田
那坡畅想斜斜而悠长
风车转动着年月
是你的　也是我的

鼠尾草长成你的睫毛
而你的眉早已修成迷迭香
牧羊人赶着羊群缓缓而过
羊群怀揣幸福如川流
川流不息　自是不语

花田是谁开辟?
种花人早隐入青山
情人泉自青山之麓亘古涌动
你一捧　我一捧
一世记忆凉彻肺腑

既然春已启程
就把花田交予你吧
我即是开辟者　亦是种花人

弱水

2018 年 2 月底

我是流浪途中的妄想者
穿过城市　坐在杳然星空下高高的楼顶
对弈的两个老者　信口侃着红尘旧事
在我低头观棋时　他们倏尔遁了踪影

我会趁星光正好
连夜离开　这里并无我的魂魄散落
明日黎明我将抵达墨韵半香的小城
这小城　听得见姑娘婉转的跫音
小桥之小如一张弓　在午后的榕树下昏睡
弱水柔弱如同叹息　如同岸上屋檐下
姑娘低泣的眼泪

隔岸的幽篁深处
有我小小的茅屋
清越的鸟鸣在阳光里晃着金光

独角仙爬过一截腐木　缓缓而不觉时光蹉跎
我在檐下　经年只画一幅画
画中是我爱的姑娘——
而非弱水之岸低泣的姑娘
她的眼泪给了不归人

我爱的姑娘啊
她有着绿色的发卡和浅淡的衣裙
她用翡翠杯收集竹叶尖的露滴
她会在黄昏里起舞
肚脐藏着白净的时光
有着迷人的气息

幽居在这千竿翠竹间
我的心是岸前浅浅的不通航的弱水
既不能胜芥，连鸿毛也不浮
只允许她凌波而来　顺血脉
进入我的脏腑之潭　居而成为洛神
再容不得另一个人
驾着舟楫或是独泳　进进出出

“弱水三千，只取一瓢饮”
若她在我的心里如斯说
我将耽美于这痴忘
忘却返回尘世之途

她来自海岸

2023年12月30日

她来自低低的海岸
那儿街道洁净　汽车是静默的
凤凰木撑着一片云　悬浮在她额头
伸出铁栏的花朵无人采摘　等化蝶飞走

她将海的呢喃含于唇齿间
从一出高甲戏中走出
她的青春是玲珑的岛屿
是岛上清澈的植物

她的眼睛以清露洗过
睫毛是海鸟的翅膀　茸茸的羽毛
笑起来是夕阳亲吻海面
哭时　是鼓浪屿的一场微雨

我这化生自高原的石人
从未敢触碰她鱼鳞般的涟漪
故无一场奔赴　穿过海岸一样曲折的岁月
抵达我此时写下的诗语

流年心灯

卷四

生命的灵犀

蛋白质，有机物，细胞

我们皆是来自

原始海洋的有罪或灿烂之身

万般生命，皆有灵犀相通

“舍利弗，菩萨于一切众生

悉皆平等”[1]

---

① 语出《维摩诘经》。

疯狂的星球

驼铃声在青春沙漠中
唤醒甘泉、绿荫
却不知几时　系在河马之身
沙暴漫过亚马孙——
亘古的时空经历了一场酩酊
我的箫音瘦了
如热带雨林
叶尖雨滴跌落的声音

挡不住冰山崩塌的誓言
化作一潮愤怒的涛声
日本岛被注射了核污的鱼群
再无法受孕
竟也要破碎啊
大海之境

昨夜　群鸟在芝加哥殉难
其中一只佛法僧
是我　是你　是和平
是被搅动的星云漩涡
和宇宙中神秘的风暴潮
覆灭的正义和憧憬

麦穗的回忆

一

衣是被脱掉了
把冬枕着……
赤裸着睡进僵冷的泥土
又一次孕生的开始
在霜风淹没大地
居客们无奈飘零后

二

战士的军装是绿的
普通而整齐
唱啊，纪律和国爱
和　云外的天
以执着的绿色
日日……

三

哎，冰雪军团终是来了
来自北极狼的眼睛

硝烟如泼
战友啊，你在何处?
绿的生命才冲破黑暗
便要被恐惧摧折吗?

四

柔弱只献给和平!
爱与无畏充满根茎与胸膛
怎会在这寒冷中凋零?！
暂且酣梦一场吧
白雪的意志纸一样薄
阳光抛一抛媚眼
它们就溃不成军了
而我们的绿色军装整洁!

五

借季节之手褪下绿军装
我们守卫的山川都丰盈了
退役以前
必须向使命敬礼
昂首挺胸　以流金的眼神
荣誉该归于仓廪

六

听从镰刀的号令
移动脚跟紧紧相拥
合唱一曲生命的赞歌吧
飞鸟与河流来伴奏——
把收获献给乡亲
把根和魂留给大地
把希望和故事传向远方

七

种子
带着霜降的讯息出发
从一场雪的封锁中穿过
收集春天的浪漫与美好
于小满抵达和平之境
揭开生命的真谛

野草

一棵无名野草
并非长在鲁迅笔下
草芥之身　小如我

世间野草如此众多
皆有枯荣的泥土
唯它偏无　被挤上一座巨石

巨石铁青　浑无一个罅隙
它捶打着根钻进去　深入巨石心脏
不见岁月碎片　也不见血泪

擎起浅浅的绿意
它感受到巨石的心跳
也在风中寂寞地舞动

2006 年诗 / 2023 年 12 月 21 日重写

攫取一朵花的生命

一朵花像一滴清泪

从一场梦中逆回
经过夏商周秦汉　经过
冰河烈焰
开放在轻狂与忧绪之间
谁写一只蝴蝶在此流连
谁画一个故事在此经年

某个背画夹的男人
曾经海浪一样走过这枝秃枝
他画下秃枝在纸上
卷起南来的风声
踽踽地走远

我来时是这个熟悉的春天
风是朦胧多情的
某种记忆却凌厉如刀
劈开我　白色或者黑色
我在这朵花前颤抖

把一个秋天放进花蕊
冷冬的雪不再反复无常
那么，我就在这花中安一个家
把繁华俗世拒于门外
写一个故事惊世骇俗

2006年7月底诗 / 2010年3月17日重写 / 2023年11月19日删减

或者，从花里去向远古
引白色羊群放养在河川上
萤火虫布满天空
我就坐在永远的五月
听萤火虫们窃窃私语

或者，往花里放一个太阳
再放一个月亮
我日日在河川上纵歌
夜夜　在屋宇上仰望
我时时刻刻都在想念一个人

当这枝剩下的秃枝忽然靠近我
我便开始妄想　晚风自然惆怅
那记忆疼痛如水——

是谁残忍的手
带着风云带着温柔
将花枝折断　如同折断相思
攫取一朵花的生命
如同攫取一生一世的叹息
攫取一朵花的生命
留下秃枝，在南来的风里
残缺而美丽

青年和猫

一个青年与一只猫
站在开始和结局
过程　被一种非语言
叙述：

青年站在母亲的胎盘上
拔出锋利的手指
无限逼近猫的生命
这只猫被命运漆成黑色
黑色　像一场迷信　一种恐惧
在他的血管里波涛汹涌　在
一次生死中轮回

黑猫的脖子被青年拧了一圈
再拧一圈
脑浆与血液洒满一面白墙壁
死神之令抵达它的眼睛
它看见忘川奔流
在冥宫的宫墙外
一些诗的句群迎面而来
带着它的亡灵飞翔
那是　一首诗的翅膀

2006年8月诗 / 2010年3月30日改写 / 2023年11月20日修改

飞翔　飞过忘川
飞过结局与开始
在血液中长成卓柏卡布拉[①]

一只蜘蛛悬在窗外

这是教学楼四楼的窗户
同学们习惯趴在上面
向下俯视自己的年华
那些白衣如雪青衫飘动的过往
从此一去不回了

一只蜘蛛来路不明
悬挂在蛛丝上爬行
不着冷窗　不着七月初秋
没有掌声没有伙伴
或者　谁又知道它有什么目的
一根金色蛛丝　一只孤独蜘蛛
一片浮云能猜测什么？

2006年8月诗 / 2010年4月1日修改

① 一种盛传于美洲的可怕的吸血怪兽，一半像蝙蝠，一半像袋鼠，喜欢袭击小型家禽和牲畜。

想起什么歌
它就应该唱的
晚来的风有些怨气了
沉默和容忍不是风的脾气
蜘蛛的灵魂闪闪发光
初秋撕开一道豁口
冷玻璃无法猜测什么

一分一分上移
突然又掉下去好远
然后　又一分一分上移
这样的循环在整个下午没完没了
蜘蛛兄弟
在四楼上不来更下不得的险境
你只为装饰别人的窗吗?
窗内的人们都近视了
你守不住他们
年华化成蝴蝶飞出窗去

一只蜘蛛悬在窗外
铃声敲响后
再没有人看它一眼
蛛丝没有断
却不知道为了什么
蜘蛛大笑着纵身坠落下去

小小蝴蝶儿，你飞吧

2009年8月13日

小小蝴蝶儿，你飞吧
流水不哭泣的日子
飞向我心仪的那个春天
那个春天只有花落，没有人哭泣
小小蝴蝶儿，你飞吧
香樟树不讲话的地方
飞向我爱诗的那个春天
那个春天只有草长，没有爱疯狂
小小蝴蝶儿，你飞吧
云朵不停留的梦乡
飞向她转身的那个春天
那个春天只有回忆，没有谁忧伤

瘦马图

2014年10月24日

天涯那匹瘦马
拖着一车黑色金属　或者仅仅是黑色
鼓凸着失神的双眼看着十米以内的距离
在一道曲折盘旋、凹凸泥泞的坡道上爬行

天空大多数时候乌云密布　空气沉闷
蹄铁撞击路面　像独行者的自语
听起来是无力的抱怨　却又如同叹息
只是偶尔　乌云被太阳烧化
漏下刺眼的光芒　那光芒
像刹那的兴奋　也似一声呐喊
瘦马抬了抬头　眼里终于有一丝光华

日复一日
瘦马变得更消瘦更苍老
还是拖着车在那条坡道上行走
不是上　就是下
偶尔打滑　偶尔翻车
偶尔在刺眼的光芒下流泪
但是　赶车的人在哪里?

坡道要经过百丈悬崖
狂风暴雨第一万次来临
瘦马突然转向　狂奔到悬崖边缘
颤抖着　踢踏着　犹豫着
刺眼的光芒破云而来
激得瘦马恍然如惊　一步步后退
然后　仰天长嘶　转身走上坡道

难道是为了贪图那片刻光芒?

我到梦里去追问那匹瘦马
却始终没有听见它说话

一个风吹片段

黑夜像乌鸦的翅膀
天桥在黑色羽毛中神秘莫测

街灯眨巴着眼睛眺望乌鸦之翼
光与暗在半空交汇
拉出近乎完美的渐变
牵引视线向高处　渐至迷茫

法国梧桐挺直躯干　缄默着
下半身在昏光中　脸埋在黑暗里
思想如墨　无法猜透
最有可能　是疲倦地睡去了

突然　毫无征兆地
一阵狂风蛮横地闯过来
似乎是黑夜受车鸣惊扰
振翅高飞而带起的

2014年10月24日在贵阳医学院站牌等车所见所感，10月26日成诗
2024年1月14日修改

它踢翻墨盒　乱搅一通
法国梧桐受惊　摇摆、呐喊起来
光和暗都变了调　变得迷乱而尖锐

树叶　是离人间最近的精灵
一直在这夜晚祥和的画中
以艺术的笔法和造型活着
以往　它们绿得像情人的吻
在半空嬉闹、舞蹈　讲述生命
若经风雨洗礼　则歌唱更激昂

可是现在　它们呻吟着离开枝头
开始四处激射　反抗　挣扎
然后缓缓着地　静如安澜
从暗到明的过程　它们已经被谁脱下绿色
枯萎了容颜　一片片像灵魂坠落

一个女孩举起手机拍下这个片段
黑夜的翅膀翻动她的眼睛
她看到了一种风景

不知何时　风逃遁而去　止息了
我突然回到自己的身体里
听到某种破碎声　看见宿命落地
潮湿的眼睛尚未被风吹干

一条鱼逃出水箱

春天捎来怎样动人的消息
烤鱼店门前的水箱中，一条鱼掀起波澜
似乎，有狂暴的雷霆在腹腔滚动
春寒刺痛它，它翻滚，奋力扬起绵软的身体
几经挣扎，搭上水箱边框，抖动鳍扇，仰天呼啸
然后越攀越高，大半截身体悬于水箱外

春天是否告诉它河流解冻，海潮奔腾
让它古老基因中的故事全部复苏——
美人鱼的传说总在遥远的海域
她动魂摄魄的美在暖流源头
向往是穿过身体的潮汐
龙宫帝都一定在更深处
珊瑚礁关闭了宫廷大门
寻觅的路径，就在水草的光影中
还有海底永恒的黑暗，永恒的恐惧
那地方住着的恶魔，会在某个梦醒时刻
突然跃进光明，变成上古巨齿鲨

整个大海的奇幻故事
大海的无限自由，永不停止的旅行
如今，被挤压成一只失去光彩的鱼眼

2015年3月4日

囚禁在这小小的寂寞的囚笼
经过春天的挑唆，思念立即翻涌，变成雷霆
它要逃离，必须逃离，回归有浪漫故事的海

可是，春天却没有警示危险
这条鱼终于跃出水箱，落在无水的地面
徒然地扭摆身躯，惶恐失措
大海只在陆地边缘，在血液和记忆中
轻信谎言的鱼，闻不见一丝海的气息

我放缓脚步，凝视着它走过
那时，我突然进入鱼的生命
努力张开双腮，却仍旧感觉呼吸凝滞
我吓得挣脱出来，又返回自身
烤鱼店中人声鼎沸，一地鱼骨残渣
曾经，我也是吃鱼的人之一
回头去看，那条鱼还在无水的地面
以游水的姿势挣扎着
我才想起，我总是
这样不经意地路过宿命

鸟的迷踪

童年时，我养过一只鸟，不知其名
它的羽毛泛着幽蓝，像深层的冰
北极冰川消融时，它绝食而死
还养过一只啄木鸟，关在木笼中
羽毛是绿色的，正是自然的颜色
后来，它啄破木笼飞走了
从此我再没见过别的啄木鸟

水塘附近，两只白色大鸟形影相随
优雅地停在翠竹林中，或楸树枝头
我们就恶毒地扔石子驱赶
它们飞起来如仙女起舞
中学后才知，它们的名字很美丽：银鹭
可那时水塘都干涸了
银鹭追逐着云飞走，再没出现
在舅舅家周遭的山林中
一对巨鹰隐藏其间
有时高高盘旋于天空
高傲，悠然，又神秘
辽远的鸣叫，连羊羔都会战栗
当我学会写诗后
它们却永远失去了踪影

2015年3月8日诗／2024年1月16日删改

傻乎乎的斑鸠，把窝随意筑在树上
学艺未精，小木棍搭巢，不怎么美观
还常常傻傻地就成了人们的美味
它们贪食农人种下的种子，于是
被毒死在田里，尸体风化成土
而今田地荒芜了
斑鸠也不知去了何方

云雀孤僻不群，喜欢居于坡顶高地
晴空万里，它就振翅冲天而起
婉转嘹亮地，与白云攀谈
玩够了，就陨石般俯冲坠落
再不发出半点声息
城市没有云雀栖息，要是见到
也必是在一只鸟笼中

还有猫头鹰、杜鹃和山雀
曾经都与我遇见过
在林间，在映山红绚烂山顶时
在倾斜的山洞中
可是，在我埋头写一首诗的时候
它们缔结了什么誓约
一起消失不见了

白狗之死

2015 年 4—5 月诗 / 2024 年 1 月 16 日修改

一身冬雪　始终耀眼
血红的双眼　如镶嵌的火球
随时可能爆炸
它孤独　偏激　仇视一切
一贯狡诈　强霸　冷酷无情　六亲不认
咬伤了多少条公狗　霸占了多少条母狗
也撕咬亲友和女主人

在一个阴冷的日子
它终于钻进了女主人的绳圈
被强行拖出门槛　拴在一棵梨树上
它幡然醒悟　开始疯狂地挣扎
撕咬每一个试图靠近的人
女主人也不例外

它淋漓尽致地发挥神威
提刀的屠夫几乎被它咬掉了拇指
几个小时　都不见消停
捍卫生命的战争
必须到用完最后一口气为止
但它的眼里也哗哗地淌着热泪

屠夫找来结实的大棒子
抡圆了臂膀　劈开白狗嘶哑的咆哮
朝着它的脑袋砸下去
它瞳孔上闪过的掠影　终于成为恐惧
成为痛楚的嚎叫　哀伤的骨裂声
和溅起的热血

几双手揪住它的时候
它用涣散的目光看着女主人
似哀求　怜惜　怨恨　或依恋
然后垂下头　闭上了眼睛
灰色的云彩俯瞰着　停止了飘游

系在梨树上的绳索滑落下来
一道两寸深的勒痕留在树身
那道奇特的印记
一直保留了几年才消失不见
或许被梨树藏进了记忆深处

高墙上的黑狗

中午一小时　我从你黑色的皮囊下

解放出来　变成粘稠的流体
从空荡荡的洋房下穿过
胶质状的我　低伏在高墙根下
寻找一节枯枝作为脊梁

嘿　兄弟　你穿着墨黑的风衣
威风凛凛　如地狱三头犬
扑过墙头　恶狠狠地向我咆哮
日光从利齿上折射寒芒
剃光我的头发　然后射向远处的鸟巢

哎　兄弟　你全然忘了
我是从你体内分化出来的
同族　你是看门狗　我是广告狗
我们没必要　彼此撕咬

洋房的主人从天上摘下闪电
擦拭得锃亮　套在你的脖颈
电芒让你如坐针毡
穿透你的肉身　直击我的魂魄
滚烫的灼痕　化成我眼珠上的
血丝　长年累月的雨水都洗涤不掉

哦　兄弟　遛达一小时后
我又穿上你的黑色皮囊

2015年7月7日

变成你的模样
用你的眼光来看人间剧场

2017年12月初完稿

雀鸟记（其一）

红蓝第一俊

——红嘴蓝鹊

衔满口玫瑰红的美人
脱却仙谱投向娑婆世界
若非为着爱人，怎会时而高歌低唤
在露湿湿的晨间，和雾隐隐的黄昏

披一袭青天湛蓝的美人
恶魔险恶的陷阱早已暗设
绝命的毒药悄悄藏在袖底[①]
高贵的美人，不必哭泣
请随我退出这人间修罗场

① 冬季食物匮乏之际，红嘴蓝鹊会下地将农民种下的玉米种子掏出来吃掉，因此常被人下毒，在农村某些地区曾很多年不见其踪迹。

在掩藏着绿叶之秘的林间
红色枫叶云霭般低垂
翠竹几竿摇着风讯
我低矮的小屋，檐角长着知风草
野葡萄藤爬上久有夕阳余温的扶栏

你曳起水袖与款款裙摆
曼妙起舞，若风扬柳云卷旋涡
眸凝着醉意似葡萄酒
我举盏细酌，暗将情愫掩于诗卷

当季节转动法轮
你的思慕更加深了
如凤凰木下落叶层层
我未曾问及，他是谁
亦忘记了你咬伤我手指[①]的事
知风草一直知道风向
而我已在它的枯荣里
老去……

① 红嘴蓝鹊生性霸道，能捕猎蛇、鸟等小动物，嘴巴力量大，啄人易见血。

孤冷一浪子

——棕背伯劳

从今，我要开始流浪
在山前肃杀的故园
爱人啊，冷冬一再逼近
而家居却在一梦间倾覆
我们的小儿女……
从此只剩无尽悲戚

神祇的使者来了
驱赶着铁臂巨魔[①]抵达
伸大能的手，挥退群山
化万有为无，又化无为万有
神祇的宫殿连着云襟
冷冬残梦后，我被迫流浪
爱人啊，从此再无我们的居所

我曾为你梳头的枝子
向晚的投影再不复现
那中央的歌舞戏台
今剩残台对着云天不语

---

① 挖掘机。

猎场曾绮丽斑斓
你共我纵戈狩猎[1]的往事
爱人啊，让它腐朽于瓦砾间

爱人啊，余生，我携你流浪
向旧铁轨消失的方向
我仍是多情的歌者[2]
仍是善饮血杀伐的浪子
燕语呢喃时，我们再建新居

大哉壮士志

——白颈乌鸦

壮士咬缄默于齿间
黑风衣如墨染
悲愁直贯头顶[3]
闯过绵延永夜
独孤积若暮雪

① 伯劳凶悍，善捕猎。

② 棕背伯劳善模仿各类鸟鸣，极其动听，以欺骗被模仿者进入捕猎范围。人工驯养的伯劳可自幼“押口”，从而使其模仿画眉、四喜等鸣叫。

③ 本人曾驯养名鸟秀士及其他白颈乌鸦，此种鸟性独立，胆大，攻击性强，与人始终保持适当距离，宛如勇士或独行侠。白颈乌鸦具有非常高的智商，头部（面部）表情丰富，可通过表情变化表达愉悦、低落、平静、兴奋、愤怒、害怕等情绪。

终将颈领涂成白茫茫一片[①]

仗剑行经苍莽天地
在黑暗里突围
冷岩嶙峋似恶魔的齿牙
诅咒[②]如荆棘无处不生
噫，邪灵生自哪本经，要侵他的魂？

烈酒煮沸鲜血饮下
战栗吧，饿鬼或阿修罗
壮士是威严的无畏者
般若之剑挥洒凌厉的孤独
那吞噬之黑
休要越白的雷池半步

壮士宗族所撰半部史书
光明在远古犹存吉光片羽[③]
黑暗的千年漫蚀娑婆道场
而壮士一代代执剑突围
留得清白一领
且驭使黑之暗翅，冲向清净虚空

---

① 白颈乌鸦颈部有一圈白色羽毛，其余羽毛黑色。
② 在民间，乌鸦被视为不祥之鸟，似乎天生便带有某种诅咒。
③ 中国上古传说五帝之一的少昊，《左传 · 昭公十七年》记载其以鸟名官，中国神话研究大家袁珂老先生猜测他本身就是一只鸷鸟。因时代久远，所传皆半史半神话。

身残亦志坚

——红嘴山鸦

朱红色的吻献给谁?
牧民已骑白马而去
牧歌长成了满原荒草
谁是我的侣伴，初心依旧?
念经僧念念是情爱
六字真言却含混不清

早远离故地
故地有摩云庙宇，有梵音敲打池莲
仍穿着从雪域草原带来的黑衫子
在城与城间转徙着身世
折断了腿骨[①]，延伸出最长的路

来路云山倾覆断塌
且住，再不念归处
觉处即是佛国净土
跣足跳那小小一方断砖
跳过无数日夜，断尾复生

① 本人曾驯养红嘴山鸦六月和苏幕。苏幕幼时不幸折断左腿，后被本人收养，长大后乖巧亲人，实为良伴。

飞翔，像一首壮歌铺叠和声
承袭自先祖的双翼泊在风里
黑衫子飘荡，引旋律盘旋，与云气应和
气血喷虹，楼宇垂下头颅
是断肢卸下疼痛，挤得满满

乐游尘世禅

——点胸鸦雀

友自山中来
千树万草泛黄的秋光
犹穿戴在羽衣上
隐士涤泉问露，充耳不闻世间喧嚣
那时节多闲适，亦多喜悦
都串作星辰缀挂胸前

叹茅庐为秋风所破
谁夺走你的蒹葭与荆棘
冲冠一怒，利剑饮血①
名士风骨赢得了礼遇
酒既微醺，琴已为君扫净

---

① 点胸鸦雀被激怒时颈部羽毛戟张，喙粗大，啄人易见血。

思慕只宜低语，偶诉相思曲
若有和者，情溢奔涌
酒劲沸腾起来
琴音的火焰便燎向四野[①]
呵，闲言碎语的宾客侧目
匆匆兼程的旅人驻足

似乎必须赞同
经纶满腹方能口若悬河
然友人也时如稚子
在亭檐间攀爬跳跃，憨态可掬
忘却山中烂柯事，此间意
不在过去，亦不在未来

书店不速客

——黄臀鹎

日色正好
重峦列队在不远不近处
幽篁弹奏着光的旋律
给枝端叶底的歌手伴奏
既然是在画里，歌声不必太动听

① 点胸鸦雀偶尔会兴奋欢叫，其声高亢，可持续约1分钟不中断，十分惊人。

临行前，扣上小小一顶黑冠
压低帽檐只做个路人
穿不厌的短裤橘黄色
那是姓氏与宗族的由来
偶尔行一次悬空杂技表演
不过是为旅途攒些行资

六月如谜，被城市按进一场闷热
本为饮茶暂歇，却误入书店[①]
玻璃窗前，山与城历历在目
那门扉人影幢幢，却是陌客的畏途
这场人世困局里，书页被翻动
无人抬头，看一看透亮的穹顶
迷局深深，没有觉悟者
或者，皆是觉悟者

脱困以后
山城不老
玄冠而行的卑微者
在日色如染时醒来
才知幽篁是梦乡

① 曾于花果园城市书店中见一只黄臀鹎误入，惊慌失措，兜转许久才飞出玻璃窗。

雀鸟记（其二）

燕子

燕子　燕子
早间的花露滴落时惊醒了我
我们该启程　去向温暖的时辰

燕子　燕子
待我换上春衫就出发

——你以相同的昵称唤我
奇妙的发音　是爱的密语
天空高远　云不及你玲珑
今生　我要裁缝最好的衣裙
为你穿戴　适合你轻灵起舞
我爱你多少呢喃如星子
滚落人间　被诗人镶嵌成行

花事正盛时　春泥微凉
等双双飞过五月
雨后温热的湿泥才适合筑巢
旧年的屋檐已拆

2018年5月30日

去岁的家早已倾覆[①]
我们得在更远处的楼宇间
再造新居

燕子　燕子
衔泥之旅反复无终　甚于念经
我会与你并肩　同憩共飞

燕子　燕子
生命的精彩都从泥土开始
我衔来了满嘴幸福

2018年5月31日—6月1日

乌鸫

删除斑斓　只留下黑
那是造物主的手笔
生命和灵魂历经冷冬枯寒
方变得简单又不可透视
轻浮者才迷恋花花色彩
黑色的丰富他们怎能懂得?

① 在我租房的隔壁，原是一片贵钢集团搬走后余下的废弃厂房，有不少燕子在屋檐下筑巢。后新楼盘开建，旧楼全部被毁为废墟，燕子也失去了筑巢之所。

眼睛向着黎明
黄色眼圈要投射第一缕光亮
嘴巴向着黎明
灵动舌尖要唱出第一支歌谣
双脚轻踏枝头　尾尖撬动风流
就要原初的山河舞台
黛山丽水是天然的回音装置
一支歌唱动晨风
十支歌唱响流水
一百支歌呢　唱白了天下
嗜睡者　沉沦者　虚无者
都在歌声中醒来　推开了窗

艳慕者穿过春色来了
带来爱情和交尾的愿望
世间的爱都有相同的结果
——共赴爱巢　在那里产下幸福
当幸福在巢穴中破壳新生
百舌歌手[①]必会在枝头动情演出
而后　它是勤劳的爱人
为寻觅生命的奇迹　飞去又飞来
从黎明到黄昏　不知疲倦

① 乌鸫（雄性）为著名鸣鸟，歌声明亮甜美，善于模仿其他鸟类鸣唱，可发出几十上百种叫声，故又名百舌鸟。

但它身体空乏　无食可进
果腹的晚餐　是子女的排泄物

生灵之路
是一场场没有归程的奔赴
生命进化
千万年　在爱的磁场里演绎
进化成百舌歌手　天赋艺术家
也进化出孤傲的野性　倔强的灵魂
若翅膀被猎网束缚
当囚笼禁锢了身躯
这穿黑衣的生灵　要撞出满头淋淋血色
拒受嗟来之食[①]
而将云锦般富丽的旋律吞下
再不肯开嗓鸣唱　直到无声地死去
死去　如一朵黑云
传世的歌谣　只留在山水间

鹊鸲[②]

似北极光破空

① 乌鸫性刚烈，成鸟如被捕捉关笼饲养，则常以头撞笼，满头伤疤，且不易开食，死亡率较高。
② 即四喜鸟，羽毛黑白两色，雌雄同色，雄鸟色泽更深。雌雄都善于鸣叫，是著名的鸣鸟。

绚烂缥缈仿佛花间一梦
——那歌声自绿叶间迤逦而来
似远却近
雨后残滴欲断
是晨光正好　抑或暮晚初临

忽而飞花凌空
绽放　如一首绝妙小诗
——那歌手展翅掠出浓密
一盘露珠散落　跌破成水雾
它歌唱着情事　或明日的期待
落于旧瓦零落的房檐
屋檐下　瓦砾堆成废墟久了

它俏立　顾盼之仪
原是个翩翩佳公子
——借我两翅色彩
黑白分明
极简艺术　有着天才般的震撼
借我一扇长尾
打开封禁自由的锁
旋律起伏　自成倾心调

又一道黑白之虹升空
若巧嘴姑娘曾说过的俏皮情话

——那歌手隐入重叶去了
歌调高而复低　被露水沾湿
泠泠越越　汇成六月的山溪

2018年6月5日

麻雀

——致自己

不必咬文嚼字　考较字义音韵
更不必参阅五行命理　卜筮推算
随意　取一个朴素的名字
如树木　如尘土　如流水
人们念着　音落即忘

麻衣一袭　隐去脂粉形容
姹紫华彩　留给大千世界
生就娇小体格　不角力争强
不着惊艳　不想哗众取宠
最好　人们视若无睹
待在最平凡的角色里
简单地活着

秉持勤劳
早起　觅食　繁衍
热爱生活　热爱黎明柔和的光

热爱每个同伴
歌唱每次见闻每件琐事
不在乎动听与否
亦不在乎谁是听众谁是看客

展翅只为飞越距离
不渴求长天的流云
也不妄想远方的奇迹
从一棵树到一株草
从一块石到一座房
生活所在处
与大地近在咫尺[①]

放下滔滔欲望
遁入恢恢凡尘
忙忙碌碌寻寻觅觅
将一粒植物种子　命名为幸福

画眉

出场之前
请为我画眉吧

① 麻雀一般只作短距离低空飞行。

2018年6月6日

那巧手轻灵的淑女
请以不同于绘制丹青的笔法
仔细地为我描上白眉
——一道白色闪电
足以击倒众生

省去凤冠霞帔
请给我披上挚爱的棕褐外袍
涂淡黄色唇膏
众多歌伶艺伎喜着彩衣飘带
而我独爱土地的颜色
——因我已永别了故土

哦　故土
山水已成记忆大幕上的影像
午后清溪拨响了弦
洗浴者是谁？松鼠上了树梢
口中野果垂落　激起山间千层回音
应和者是谁？
舞蹈者又是谁呢？
灌丛低矮　我的爱人去了何方？

是时候登台了
——那地方　血泪早已了无痕迹
人们曾将巨大的竞技场建造成鸟巢

而我的舞台　是一只囚笼
周遭透光　适于看客光临
门如千斤闸紧闭着
看得见天地自由　却有进无出
我张举双翼　不过是完成一种表演

独木的台柱横着
看客的喝彩声总是绕过这独木
绕过我冰凉的耳际
喝彩声中　我是谁呢?
今生
我只是个囚于笼中的歌伶
以天籁之音　换得粗粮半碗
和清水一盏
清水一盏啊　洗不尽悲声

2018年6月8日

云雀

不做晋时的绅士吧
宽衣博带诸多累赘
一身粗麻衣衫便可
也携一顶小帽
却不常戴上示人
冠冕与荣耀有关

总是戴着多显虚荣啊[①]

不爱南方的浓郁清和
不爱低处的白水嫩枝
偏向辽阔的草原或荒漠
以草籽为食　用沙土沐浴[②]
吐云为歌　履空而舞
养出辽阔的音域和凌云的豪气

席地而居
在草窠中孵化梦想
晴日的晨昏冲天而飞[③]
如节庆的烟火喷射而出
为着心中迸裂的怒意
还是汹涌直泻的喜悦？
歌声跳动着千色火星
在云影中绽开绚烂
像烟花照亮夜空

越升越高了
因为爱这广博大地

---

① 云雀的冠羽较长，平时不见特殊，但在兴奋或受惊时会立起，成羽冠。
② 云雀极少水浴，却喜在细沙中清除寄生虫、梳理羽毛等，称为“沙浴”。饲养云雀必在笼底铺沙。
③ 云雀有一边高飞一边鸣叫的独特习性。

便要飞到高天俯瞰万物生长
激越高歌其实是生命的赞歌
及至没入云际
天地延伸出无限寂寞
你便从虚幻之天坠下
歌声喷薄挥洒　吹低浮草
倏然隐去了踪迹
只剩风吹　万物生长

远年渐已斑驳
童年如梦　在高坡之顶目睹的
那绝世的歌舞
似诗的余韵　淡了
无法跨过迢遥山水
从荒漠带回你的歌唱
和翅膀上缥缈的云气
却偶然在城市邂逅
那时你已身在笼中
笼中的你
是否尚怀凌云志?

白鹭

1

2010　温州

七月　热浪碾压大地

那洁白天使　突然坠落林地

惊散了的蝴蝶重又飞回

而那天使　再不能飞回林梢

林地花谢后　爱人的枯骨紧挨着枯枝

还有一地尸骸残存

夺命的毒药　仍裹在粪便里

多希望你回到格林童话

回到那青青的森林和幽幽的河流旁

随兴起舞　婉约如梦寐　流畅如叠韵连绵词

而你中了谁的魔法

拆毁童话结构　误入此地?

此地似是修罗界

平瑞塘河从温州的磁带盘上缓缓抽出

工厂是啃食河带的寄生虫

一只连着一只

河流终于停下腐朽的身躯和呻吟

让垃圾和浮萍长成满身尸斑

2018年6月11—12日

余下那些天使　迷失在童话之外
被黑暗魔法囚禁　在死亡的恐惧里
凄楚地漂泊　惶然地栖息
再无归处了吗?

2

2015　鼓浪屿
没有渔人
没有海岛的传说和风波里的故事
然而　鼓浪屿仍旧美丽
沉浸于浪语波抚
一些花瓣落于游人肩　点染了一岛图景

船底雪浪奔洒　似梦中
十一月的游人　总要离开三丘田码头
带着花籽　去种下回忆
——这些她都漫不经心
她只静静待在浅水岸
独自孤立成一座雪白小岛
自童话流放至此
爱人及友人　早无踪迹
或许从平瑞塘河漂泊而来吧
过往　被大海深深埋入暗底
当悲戚化入海流

雪白小岛升空而起
乃是一朵白色思念
轻盈地　再次随风漂泊

3

2018　贵阳
谁以纯正勇敢之心
持温暖光明的火炬
扫尽了封锁大地的黑暗魔法?
南明河洗掉胭脂　粉尘　污垢
容颜晶莹　倒映着两岸密集的树影

谁骑白马闯过童话的门禁
将白雪公主牵出故事　牵来这人世?
她来时敷一身魔法白雪
不被黑夜抹黑　不为骄阳所化
她是有着洁癖的仙子
每日在河中浣洗裙摆与头饰
以水为镜　整理妆容
她亦是洁白光明的书签
投在自然山河间
自然阅读者　便记得已读过的页码

她有着迷人的舞姿

低回时如白荷弄水
宛然一幅工笔初成
高蹈时似白凤凌空
翩然于高楼与青山间
那四季不停的舞啊
婉约如梦寐　流畅如叠韵连绵词

八哥

已无诗句赠你
你如同我　也只是
这自然一生灵
已无余墨画你
你比我　更不识时务
总是多嘴　喋喋不休[①]
说生命的哲学　或是
草木的过错
嘿　帽檐压太低了[②]
很不礼貌
黑衣偏涂大块白色
太过张扬

2018年6月13日

① 八哥生性嘈杂。
② 八哥具长鼻须和额羽簇，状如冠。

侵占巢穴　他口夺食[①]
搅扰睡者清梦
这些事你都做过吧？

既然喜欢游戏世间
一副玩世不恭之态
为何突然闯进铁笼
为箪食瓢饮而自甘为宠？
从行脚艺人变身为宫廷小丑
已无赞歌献给你

嘿　来段即兴表演吧
宫廷小丑　破锣嗓无人赏识
来段小品哪　咿咿呀呀
学传教士传教
仿假道士念咒也可
豢养者　极喜你模仿他说话[②]
可我已无话给你
除非你告诉我
在英国坎布里亚郡卡莱尔
你家族万众集群迁徙

① 八哥常窃取喜鹊巢等育雏，也常抢夺其他鸟类的食物。
② 八哥以通过训练可口吐“人言”而著称。

翻飞成漫天雷云[1]　创造奇迹
那般壮怀激烈的故事

已无灵感赋你
八哥之号　太过市侩
类似古惑仔
除非你自愿放弃
改作白翅黑椋鸟之名

斗鸟

2019年4月22日

茶在杯中沉浮
人群聚拢成天井
四壁灌注了强力胶
杀伐声堆叠成浪潮
他们脸上，澎湃着千种水势

浪漫结束于灌丛蔓草中
夺妻之仇已是累世记忆

① BBC某一纪录片中，上万只紫翅椋鸟（与八哥一样属于椋鸟科，八哥又名白翅黑椋鸟）迁徙经过英国坎布里亚郡的卡莱尔市，翻飞出各种壮观的画面。

今世分笼而囚，仍是死敌
——棕头鸦雀，那小小的斗士
早在山中古岩上磨好了利器

血祭兵刃，赴一场生死之决
锋芒相交，拼死的仇杀
最好谁也别倒下
激战越酣，越近于浪潮峰顶
越演绎得像狂欢——

哦，狂欢
由未知的豪赌推波助澜
从茶盏中溢出
泼洒成无尽苦海

2023年10月27日

树莺之歌

神谱的曲早已散佚
她的口中尚衔着遗音

神迹不可抵达

她隐身在比空山更远处[1]

我曾走进草木等身之地
聆听野泉的低语

天被神力举得更高
星月提着灯盏漫游

但她从未现身
只有那歌声挑动低垂的云翼

万籁俱静
昨夜之梦与未来之期都静止

只有云翼翕张　漫过天际
只有心的回响至今未停

① 强脚树莺娇小可爱，主要栖息于树丛和灌丛中。其叫声非常独特，清脆干净，令人陶醉。常闻其悠远的鸣叫声，却不见其踪影。

流年心灯

卷五

流年的梦呓

时光总是这样流走
我打坐的千年啊
在屋瓦上铺成琉璃
我眼里的鱼群
越过波涛藏进深海
谁的流年汐止？

采露人

——献给十八岁

2005年诗 / 2023年10月29日改写

我是山中采露人
醒于第一记春雷
母亲的叮咛如星子
被我挂在黎明

清露在鲜绿的叶尖醒来
天光打开了斑斓的彩盒
出发，去看野草发芽
蝴蝶破茧　还有山鹰育雏
去跟朋友讨论一场青春

把三月锤成幸福的穹顶
把来去的云垒成梦的门厅
把大片的风裁成折扇
把冰雪酿成待客的香槟
在午后诵诗　或者黄昏

也曾躺在小河之岸
睡入一次悸动　一场病
心扉折断了锁
被相思入侵

幸得飞花抚慰　燕子问询

我是山中采露人
在迷雾中丢了年华
在路途遇见荆棘丛生
但采得甘露半壶
可敬明朝　可酹风尘

星期天的晨思

日晨　细雨　寒凉
五街如愁肠迤逦于小城之腹
二月还在沉眠
春的跫音尚藏在杏花中
就座于小餐馆
春愁也争相发芽、开花

水饺热气升腾
银鱼多狡黠
从筷间溜走——
如我今春以前的快乐
学子们互相兜售满腹经纶

娴熟的措辞　入口即化
我于是退入沉默之海
当一座寂寞的孤岛

我欲在此沉默之海
揉搓人世积污的绸子
却找不到漂白剂
海啸终究要发生
孤岛焉能不沉沦?

春的跫音终究要响遍人间
愁的流转却不止于季节
不擅长玩快乐积木之人
应在二月关门闭户
我是错踏了脚步
看到植物已然复苏

走出小餐馆　寒凉入肺
我看这山河与城
类似一场拼图游戏
而拼图的结局已定
你是火山喷薄　我是孤岛沉沦
但终究
土归土　尘归尘

无言

2005—2006年诗 / 2023年10月30日改写

在第七节课后写完
这个深秋的密语
（人们告诉我这叫青春）
在夕阳走过窗前时
撕碎成一地哀愁

窗棂上
夕阳之吻那么恍惚
如林间鸟语
无法挽留
（刹那的绝美啊）
笔迹支离破碎
似这年华　这疼痛的倾心
夕阳之吻溅落
笔迹尚有余温

晚风起自何处
无人去问
一地哀愁飘散
像电影场景

繁星无绪　夜幕低沉……

孤独

闪电撕裂翻滚的黑云
直击眉心，灵魂出窍般
醒来。四周除了海水
一无所有
那辽阔从我体内延伸出去
远至天边
我的身躯是小小的孤岛
岛心，一座荒冢隆起
那是我的墓
是一首遗世独立的诗
我将重回荒冢
再次深度睡眠

2005—2006年诗 / 2023年12月17日重写

阴天，一个人坐着

阴天，一个人坐着
孤独倏忽而至，没有敲门
他来时不带雨伞，不穿雨衣
不听音乐，不诵诗词，不带微笑

他不像老朋友热情，不像宿敌冷酷
他就这样单刀直入，堂而皇之
走进我的居室

孤独来时
我正在修剪指甲
耐心地，像少女裁剪自己的嫁妆
我没有抬头，没有停下修剪指甲
我没有让座，没有奉茶
我没有当他是朋友，也不当他是仇人
孤独和我相对而坐

整段长长的时间里
屋角的蜘蛛都忙于布设陷阱
时钟的指针滴答滴答地歌唱
风经过屋檐时
几片花瓣被吹到了门口
我们都不动声色地　抬了抬头

2006年诗 / 2010年3月13日重写 / 2016年7月27日修改

邮寄

向远方邮寄尚未破茧的蝶

蛹在信封内
不安地蠕动
要看看邮寄的过程

把人生　人生的花期
寄出去
贴上邮票
贴上生命仅有的重量

很久　很久没有消息
我猜想
不是蛹死了
就是人生丢了

落花低语

谁能展开襟袖接纳
我于万花凋谢前的零落？
没有黑色的白色的无色的语言
可以　以我断肠的落姿　低诉
倩云散尽了一阵春风的残忍
韶华如明净的流水

涂染在树枝上
空漠　如烟　如云　如无

任你诗人的手
怎么能　挽起我
飘散在刹那的梦？
一梦　再梦
我的芳华终究永逝
哪怕华丽　哪防惆怅

不要悲歌　不要泪流满面
不要谁葬　不要猜测归处
只要摆动忧伤的轮廓

2006年9月诗/2010年9月2日修改

流光私语

——记高中时光

群山如青螺
是我邀约至此
秋水映照落木
那韵律，被我偷偷安放在琴弦上

云一直在她的眸中徘徊
她们三三两两走成诗行
我等流水的激情
掀起沉默的语言
夜来香在深夜等我下自习课
夜来香之名，是同学告诉我的
而我在夜来香下等过谁
遇见过谁
星星不曾帮我记忆
不同流向的河流在我体内交汇
多慌张啊，那青涩的小溪水
还有那明晃晃的碎冰块
扎进心头，多疼！

韵脚上弹落的时光
匆匆，似她回眸的模样
六月雪[①]一忽儿就开了
我们捧着雪花，各自走远

太阳花里躺过的寂寞
快乐淡染的纸笺
书桌上流年偷换
阳光里爱情搁浅

2006年11月9日诗/2023年11月23日改写

---

① 一种开白色小花的茜草科白马骨属小灌木，此处借指6月高考。

樱花开落与古枫沧桑
都被悄悄扫进抽屉，上了锁

意绪

2006年11—12月诗意／2010年9月5日诗

卷帘　这个湿漉漉的动作
掀开了满眼山岚
既不像江南画派
也不似大青绿山水
只是些无人画的
或许是画不出来的
惆怅
眼睛的某些不确定位置
仿佛是这个黄昏安卧

一秋湿寒
记忆交叉着恍惚
如同　有有无无的细雨
意连书写
章法仓皇
哪里弯过来一条山路
被设置了渐隐

画笔应该是柔角 40①

满树夕晖

摇落下来

折射在昨日

今天却一地落叶

2006 年 12 月 28 日诗 / 2010 年 9 月 5 日改写 / 2023 年 11 月 25—26 日微改

时光暗河

你是否波光潋滟

如我爱临去秋波那一转

或许　你如乡音

更接近某种本质?

再无从考证

流走　是唯一可考的誓言

不曾疏浚你

不曾打坝拦截你

① 柔角为平面设计软件 Photoshop 中一种对画笔的边缘进行柔化处理的功能，40 是对柔角设定的值。

蓄养不投食的鱼
激荡我的胸中气
甚至浇灌鹅黄柳绿
你也一瓢不舍
以大写意的手势
挥洒你
沙化从此不可遏制

要么就是洪涝成灾
淹没左眼和右眼
淹没前路和后路
青春待成琥珀
生命待成洪荒

人们　将一条河的美丽
写在生命的沙滩
而我　要将时光暗河
写成一座碑　荒凉的秘密
谁扼腕叹息
谁无视地走过
都与上帝无关

凉绪

总是尚未准备就绪
一只飞鸟　已投入丛林
试着调整步伐追去
阳光随即撤离大地
傍河而居
夜夜　河流漫身而过
梦也总是冰凉

2007 年 8 月 5 日诗 / 2023 年 12 月 23 日改写

总是这样流走

总是这样流走
而这样流走总是让我美丽
在一把大提琴上
月光一直忧郁
总是这样流走
我的美丽

总是这样流走
我打坐的千年啊

2009 年 8 月 29—30 日

在屋瓦上铺成琉璃
我眼里的鱼群
越过波涛藏进深海
谁的流年汐止？

总是这样流走
天蓝和烟青深陷眼底
白云却从眉头拂过
一首诗来不及打动一粒沙
忧伤来不及从黑夜渗出
总是这样流逝

一个人像忧郁

2009年9月1日

从此以往
我在屋檐下听雨
听雾滴击穿整整一个日子

夕阳铺满花蕊
我转着手里的笔
等待着一场风暴来临

晚风卷起稿纸

晚餐在唇角冰冷
站起　转身缓缓走进黄昏

有时无话可说

2015年3月4日

这些年
我把脸朝向阳光，朝向辽阔世界
让大面积阳光覆盖，表情更葱茏顽强地生长
抖落湿润的雨露，拂开云层
温暖汇聚于眉梢眼角，随清风轻盈翩飞
野草蔓延过来，聚集而生
见证时间的腐朽与更替

这些年
我衔着花朵面对世人
调整舌头活动的频率
说越来越多的话，堆砌思维的高度
推销朦胧的过去、现在和更朦胧的未来
花香虽即刻随风而逝，可毕竟香过
因此有人赠我以风雅的园林和温厚的土壤

可有时，也会无话可说

就像水滴被封禁在瓶中
不能喧响，或许是不愿喧响
在喧嚣此起彼伏的火红的荆棘丛
我像一朵喑哑的落花，沉默着抽身离去
在路过水景时，顾影自怜，或清高傲世

有时也无诗可写
当诗与缪斯告别，孤独地走失在这个时代
我满含怨恨地眺望远方，看见一片荒芜
我所写的，通常只是流水的仓皇
词语的逃离，和时间的虚无
我厌恶这样写
让诗的残痕在神的袖口灿烂
在最后一颗星子熄灭之时，我虔诚地接受光照

可时间依旧催促我老去
无论我说不说话，写不写诗，都在老去
光阴一层层加厚加重，慢慢将我掩埋
唯独光阴的魔咒，我无法自拔
连在一棵老椿树下陪孩子玩一场游戏
观摩野狗与雄狮争斗，借夜莺的嗓子唱首恋歌
都不可以，我还是被时间推搡着趔趄前行
于是我只能有时说很多话，有时无话可说
就这样度过这一生虚无的时光

无名

之前　我枕着一座公园而睡
形同隐者　与画家村的画家擦肩而过
他们与紫薇山上的草木对话
用小车之河水洗涤画笔与手指

他们在每一棵树上署名
林间的鸟能准确叫出他们的名字
只有我是无名之辈
我悄悄记下那些植物名
假装自己是它们的邻居　默念安慰

之后　我又靠着一座山睡觉
山上挤满房屋　房屋里挤满人
早上　人们蜂拥而出
我与很多人见过面　却与他们都陌生

我与他们使用过同一个碗吃饭
吃过同一头猪的肉
遇见过同样的山洪
但他们并不认识我
我是无名之辈　是谁的过客
是尘埃里的尘埃

2015年7月4日

日子

2015年7月11日

每天在路上　总能遇见很多美女
如同遇见迁徙的野鹿　身体上有野草的香
有雪的消息　有谷地旋转的青春
花纹斑驳　胜于野花　胜于旷野飘过的云

美女的腿　是满城漂移的洁白芦苇
我想在苇草间做窝　休憩或游荡
吹口哨　写诗　或者将年华翻来覆去
无所事事　毫无结果地活着

城外一蓑烟雨迷离
城内　我放下长笛
去发微博、微信、QQ说说　百无聊赖地
打开网页又关闭　刷存在感
关心失败的天气预报　关心谁
失恋　痛哭或麻木不仁
关心这无谓的日子　有我或无我

深夜　看几集电视剧
剧情像生锈的铁钉　扎进肉里
又拔出来　血孔鲜红　像无数朵蜡梅
冷香弥漫　我或许哭泣过

在日子凋落的瞬间

迁徙

2016年8月21日

七月，城市里的潮汐不断涌动
听潮响的人，要挂帆远去了
去另一处港湾，或是波涛间，经年地沉眠

海岸山崖上，屋檐低小
我是一尾鱼，已在此虚度三年余
见过很多帆船竞渡，和很多个沉船故事

房东的儿子未脱下肥脂，就在女友腹中种下生命
他们急需一间透光的居室来繁殖
因此我这潮间的浪客，要挂帆远去了

七月的海潮依旧寒冷，巨鲨被暗流击中
狂躁地将船推离航向。掌舵人在何处？
桅帆始终喑哑着，不被宿命折断

帆降落在铁色的时间，我走下翻卷的波涛
携一身咸寒在深夜抵达新居

新居的主人，脸覆黑夜之黑，眼里尽是风波

后记：
7 月 12 日深夜从煤矿村搬家到蓑草路，急迫而疲惫。原本的住处被房东的胖儿子收回作新房，他因为女友怀孕急切地定了婚期。新居的房东是个只看得到钱的缺乏修养的细眼男人，搬家当晚就争吵了一次，住进来心有不快但无可奈何。

寄雨

2016 年 8 月 22 日

朋友啊，今夕我暂居天幕下的蓑草之间
伴几株花草独坐，它们刚刚度死而生
疾风骤雨又欢腾而来
在一个女人的哭喊声持续了一整天之后
在泣哭声的尾音还没有落定之时
风雨这般急切地来，不知是为杀伐统治
还是为抚平这人世间无形的悲伤
朋友啊，在这风雨声掩盖万籁的时刻
我感到有些冷呢，凉薄的情思就滋长出来了——
多年浪迹城市而形单影只
我是那被抽动旋转的陀螺
马不停蹄地迈动脚跟
却怎么也转不出方寸之间
嗡嗡的悲叹，谱不完整一支生命的奏鸣曲

急雨忽退，女人的哭声已不可闻
朋友啊，我只是恍惚了这短短的一寸光阴

空

花阴隐入季节之腹
窗台偶有鸟鸣坠落
节日轻若一次回眸
系在燕尾掠过半片灰云

屋子灌满猩红色的空
好似潮汐穿过女人的身体而来
犹如清音传自老唱片
缕缕婉转到无所适从

一个人坐在空里
等霓虹一盏不漏地升起
一个人是一个人的知己
一个人是一个人的仇敌

2016年9月16日

后记：
9月15日中秋，一个人留宿，空落无端。

七月以前

2017年8月初

七月以前，适于隐姓埋名
让姓名长成花木，亦不知名
让知了爬上去叫卖夏天
让林鸟敛翅停落，鸣唱山间雨露的消息
那消息，是否比消逝的时光更动人?

每天，鸽子在楼宇上空飞翔
它们本身，也是无名的
素衣出行的人，绕过解放路——
一只名叫六月的鸟在此消失不见
穿过低矮狭窄的小巷——
这低矮狭窄的情路
一个人一直来回穿梭

无论南明河是否言语
它的名字都温柔而滋润
白鹭群在水波里洁净羽毛
对影自照，戏于浅滩
然后飞往高山密林
翩然丽影，剩河水滔滔……

抵达一洼湖泊

湖泊静谧，似乎抵达了道玄不争之境
在这座城市兜兜转转多年
却猜不透一湖涟漪
一如猜不透波光粼粼的爱情

七月以前，习惯形单影只
毛笔静置在笔架上，有夕阳的余光
不写辞章，沉默于半壶翠芽
鱼缸里的锦鲤突然翻身时
才恍惚八月已经飞驰而来

一个人的日常

窄小的屋檐用以栖身
留在暗处　让日子的痕迹昏昧些
多余的光照挡在窗外吧
缓阻一下仓促赶来的冬天

一个人　把语言省下来
饲养白颈鸦　让它代替寂寞逞凶
让呐喊迸出红嘴山鸦之口
让点胸鸦雀歌唱喜悦

一个人
读书　写字　弹琴
切菜　煮饭　洗碗
听音乐　看电视　浇花草
有时流下眼泪

就仿佛水龙头
偶尔会无法拧到正确位置
水滴无法返回水管
眼泪无法重回眼眶

不过似乎没什么不好
安静得如同不存在
但仍然在暗处活着
还奢望谁会持续关注天气
发来信息道声珍重呢?

大雪叙事

在悠长的匍匐中
插入一段大雪的旅程
坚硬的冷继续刮擦赤裸的骸骨

无法续写梅花的情事
只能反复修改一场雪
仿佛这样
不堪与仓皇就能发表出去
让更多人一起承受

一键删除大雪绵密的叙事
寒冷却仍透彻心扉　直抵灵魂

而今日晴好
大雪只是因循守旧的名词
不会真的出现

2023年12月7日（大雪）

加班，加班

摩托车灯，化成萤火
电瓶再次耗干
这是第四次，或第五次
但这不影响天黑
阴影往深处聚缩

第二日晨间

2023年12月14日

名正言顺地遇见她
似是微笑，或晨光
从她脸上滑至湖面
湖面光影交错
安静，有好看的涟漪

今夜又不知何时
能逆湖而行
想她的鞋履
明晨才能轻悄地出现
或错过

流年心忆

卷六

低处的独吟

这些思绪之杯的碎片
一阵阵感怀的落英
递给谁
才不至于割伤他
不至于在他的手心
干瘪，乃至腐烂？

傍晚

山头的天幕
被仙女们洗得湛蓝
而夕阳不忍下山
把朦胧的金色泼洒在人间
且留一盏灯笼
在夜的入口
那些风吹过的树影
被谁画成水彩

羊儿弯弯的角挂着知风草
如牧童梦中的斑斓彩虹
反刍的牛群慵懒
好似看晚云的老人
萤火虫将星斗撒得遍地
那微光浮动　是几世说不清的情缘
几点鸟语
在归去的方向婉约　如溪

…………

2004—2006年诗 / 2023年10月28日修改

乡山

2004—2006 年诗 / 2023 年 10 月 29 日微改

乡山一页
落错万点情结——

借谁最苍劲的手啊
镶在黄昏
云雾缭绕处
如女性丰腴的乳
挺拔在故乡的胸上
那是自豪的山们

那是自豪的山们
在珠江的哺育下长大
“自大”的夜郎蹿起
系一身山的雄性
啸声
响彻过久远的历史
巨伟的龙翻动
系一身山的雄性
吟声
喷洒过红硕的日头
固执的战士弯腰
系一身山的雄性

喊声
凝聚过清澈的血泉

乡山一页
落错万点情结

一轮朝阳正在抬头

一轮朝阳正在抬头
从普西金的诗里
从母亲的病体里
从人们酥软的骨节里
从一切黑暗的和阴冷的地方

一轮朝阳正在抬头
向所有生物微笑
瞬间　光华满人间
每一座高山　每一棵草木
都开始生活
每一桩死去的爱情
每一门寄往历史的艺术
都开始回流　拍岸　卷起千堆雪

2008年8月23诗 / 2008年8月30日修改

一轮朝阳正在抬头
所有离散的色彩都可以回归
重新组织世界
所有冻结了的哀愁都可以解冻
所有留守大地内部的生机都可以突围
春意融进了孩童的足迹
爬上了老人的手杖

一轮朝阳正在抬头
慢慢走向所有生命

2008年12月21日

初雪

之一

——给谁

初雪
如我的初恋
纷纷扰扰　几瓣　落地
初恋的雪啊

初雪
穿越炉火
穿越我
怎么穿越不了你

初雪
我没有情人一起共进晚餐
我一个人焚烧寂寞
你被一片雪掩盖了

初雪
其实无关其他
就如你与我无关
我无关冷暖

2008年12月21日

之二

——给我

洁白的初雪上
没有找到天使
我安上双腿　逃遁[①]了
从欢乐场逃进孤独

① 我独自离开了同学聚集的晚会现场。

你知道　世界就这样逃离了我

逃离的路上
遇见火红的手指
在黑夜上作画
画无数条蛇互不相识
抢食我的神经
风劈开我　无情地
像劈开朽木棺材
让蛇爬进去
饱食腐肉

点亮初雪
点亮海岸沙
点亮我的骨头
（天地间最神秘的骨头啊）
写一场逃离
逃离——
逃离……

之三

——给朋友

我赠你以雪

2008年12月21—22日

你赠我以火
发雪给你
就是发请你梦我的请柬
而你躺在阳光上梦我
梦见我也是雪
结在老舍先生的袖角
你说我好像雪呢

其实我也梦见你了
你在月宫生火
生的火很旺
等我抖落身上的积雪
温暖我

我赠你以雪
你赠我以火

春的遐想

驻立于麦地栅栏旁
看春天款步而行

暮云自天端垂下来
每个人都在怀想着故事

从唐诗宋词间打马而过
春天一直比水更为妩媚

（我长发的尖稍是南国的春
所以我的长发不再剪断）

赤足的女郎放画夹于青石上
以清泉画出流动之心

水波亲吻她
花开的隐喻，她轻轻抚开

水的左边，手的右边
花儿们彼此爱得欢畅

相爱，就在春天牵手
春天的每一棵草都是一个爱的理由

春天，请说出你的幸福
春天不宜哀伤

2009年2月27日诗／2023年12月14日修改

远走的乡山

2009年4月2日诗 / 2023年12月14日修改

从心扉拓下乡山
一行行排列成诗
语法参差　落日为韵
它们的魂魄苍凉　似牧群
被造化放养在乡土上
渴了就畅饮珠江

乡山无名
无法走进卷帙
但他们掏出洞穴　深藏往事
敲碎牙齿　吞下人们的贫穷
再修补好皮肤　毛发茂密
撒下绿色大网捕捉金银

在不经意的十年、二十年
甚或一百年
乡山长成了父亲的骨骼
也长成了我的骨骼
乡民们走进山里时
把骨头还原成石头
像攀岩的山羊不再说话

乡山从那年九月远走万里
走到河流最初　时光最后
再无一颗野草莓
开在潮湿的心间

听琴

2009年4月26日观钢琴竞赛，29日诗，5月3日修改／2023年12月16日修改

谁坐在前寒武纪
混沌里看不见云涌
潮流藏匿在鱼鳍中
而鱼在哪里？
（多个亿年以后
鱼如久长的相思）
时间古老得像一场梦
一层层铺展在琴后
梦你　梦史前的自由
一样深远

海洋在指与琴间酝酿
时光交错　穿梭　歌吟
犹如乱红飞过琴身
未央　迷离　晓寒轻

手指是七彩的星云
在琴键上撞起海潮声
千尺浪　千尺宁静
一梦尽　一梦生

十道剑虹直贯日月
音流如瀑
鱼群畅饮这酒河
鱼鳍里　雷霆轰鸣
琴键上扬起万紫千红
犹似林鸟上下翻飞
掠影生　又幻灭
史前巨兽四处奔突
十万只接着十万只
张开大口吞食时光之躯
又陡然消隐在苍穹

是谁　留下了火种
映照音符里的亭廊?
万山朦胧　蝶群雁阵稍息
“山无棱　江水为竭”
一声太息凝重
千帆过尽
听潮的海鸥犹在徘徊
残梦如微澜

雾霭在指端萦绕
无数次转身
别离依旧在雾里继续着
一缕余音似绝未绝
是柔软的指尖沙
在潮声退去的岸边
年年岁岁地徘徊　徘徊

雨中漫思

2014年7月24日/2024年1月13日微改

灯光突然熄灭　狂欢骤然而止
在风雨卷过落地窗前的时刻

就像生命的律动
在狂暴的灾难中瞬间夭折
三把蓝色大伞
带着崩溃的情绪
让残躯随风翻滚
那石台上的两朵花儿
已然奄奄一息
风雨肆掠后
它们将魂飞魄散

纤细的树枝在风雨里妖艳起舞
带着浓郁的凄凉
对面别墅白色的窗帘被粗鲁地撩起
多么像我已经飞扬纠缠的情思
穿透人群的嘈杂声
飞入迷蒙雨雾　飞向神秘
一种浪漫而又并非浪漫的艺术气息
铺天盖地而来　使我窒息

在这样的时刻
我是被雕刻出来的人偶
我不知道
是想起你
想起爱情
还是闪过遗忘前的残像

我想在微信朋友圈
分享一场晚来的雨
与雨有关的生命或活着的证据
谁会进入这场雨中
与我并肩而坐　无言以对
却不得而知

广告人（其一）

2015年7月5日

很多年前　他从羊群中走出
俯伏在上帝面前
神膏立他成为神的仆人
并将灵放入他口中
从此　他说出预言都成真
关于君王　关于战争　关于生死

神的荣耀充满他
他的手显出大能
翻云覆雨　点石成金　妙手回春
他的箴言和诗篇
镌刻在金银中　在光的芒上

多年后　有风
发光的尘埃被风从圣坛拂落
落向云外的边陲
用尘埃占卜的人
离开耶路撒冷　流落市井

耶和华的灵从他身体里回归天上
《圣经》长出翅膀飞回西奈山
古老的神谕从世界消失

他依然喝约旦河的水　用嘴对浮云说话
语言并无不同
但人们听到的　是汪汪的咆哮

广告人（其二）

晨曦和月亮
分别套上两条腿　禁止我
走离洋房锋利的光芒
穿越园林　抵达富有者的
生活现场

取自时光铁轨的黑色枕木[1]
仿佛我们的肋骨　那么陈旧
又坚硬　铺成光阴小径
道旁生长着山茶、石榴、桂花
和睫毛一样的青草

草木的呼吸声　贴在洋房外立面
楼上临风的女人

2015年7月6日

① 贵阳观山湖区中铁·逸都国际设有模拟的铁轨及火车站。

轻轻推开满屋阳光

楼下　我们也打开门
步入黑暗的神圣殿堂
我们在这里埋下命运
拆卸骨头　为人们讲述
楼上的世界

候车人

2015年7月9日

喀斯特原乡　风和石爱恨交织
岩层所叙述的故事
被园林剪切下来　粘贴在高处
一段铁轨　缩印在故事里
列车永远不会来
候车的人却只管等待

就像等待着黑夜过尽
等待着一声令下　雨可以倾泻
等待着睡梦召唤　双眼睑邂逅的时刻
等待着自由奔驰而来

在虚拟小站候车的人
知道芭蕉叶纹路的指向
微风中浮动的草香
花瓣飘落的风情与颤抖　和
午后一滴露坠落的依依不舍

但　他始终等不到列车开来
他始终不知道　鸟隐藏林间的
具体位置　云影飞掠过
黑色的铁轨　海上
一场风暴扑上岸来
候车的人　生生将它按在心里

继续等待
在喀斯特原乡
一个虚拟的　有着黑色铁轨的小站

井底蛙

时间被煮沸　命运正在熟透
——这让我惊慌失措　又束手无策
外面的洋房继续空无　草木继续滴翠

石榴花如火烈鸟起舞　石榴果偷偷长出来
光阴小径旁　堡垒石喊出名字
四季轮回　它依然无恙

我是青蛙　曾在田塘中本能地聒噪
后来被扔进一口深井　从此坐井观天
无法跳出井口　无以抵挡变迁
只能在井底画圈　曲曲折折拼成寓言
用以自欺　用以安慰寂寥

不远处
停在合欢上的那只鸟　在日落时飞走
翅膀掀起巨大的轰鸣　填满了井
我抬起头　心中有只鸟也飞走了
云彩覆盖西边的天空
天空下　高楼亮起灯火
灯火中　藏着梦魇

据说　寓言散落的部分是诗
画地为牢的　也是诗
而恍惚间　我仿佛不会写诗
至今不知怎么数诗歌的行数
我抱着日子栖身　顺着井口的风向
不出言反抗　把聒噪忍在喉咙中

2015年7月10日

直到黑夜降临　直到隐忍变成马蜂
盘旋在头顶　偶尔蜇我一下
疼痛留在身体里　慢慢结痂

辞职（其一）

不过是一程公交之旅
陌生旅客之间交替落座

刹那交错　或从未遇见
一座城市充满了颠沛流离的影子

透窗落在身上的光影　或短或长
很确定　有一刹那是恍惚的

这期间　道旁的蔷薇或许已经开过
树身的刺　正如高楼般蓬勃繁殖

上车　离开　何必谈及忧伤
人们唯一警惕的　是钱包

若不是被一场存活胁迫

2015年7月24日

谁愿意在密云中颠簸　浪费青春？

抵达终点不是目的
只是不得已　运送生命回家

因此可以中途换乘
于是　有了上车和下车

辞职（其二）

2015年7月24日

一棵草在凌晨一点时突然离开
趁黑暗　它逃遁了　泰然若素

在离开前　又一次雷暴发生过
轰击过它的柔弱　茎叶有些撕裂

在雷暴发生前　它在沙质土壤上
游走　试图落地生根

多数时候风雨凄迷
它想用根挖开漂泊　扎下几年心事

雷暴发生时　一切都猝不及防
小草却坚韧　抖抖根须后撤离现场

那时没有星星在天空窃窃私语
没有烟火哼唱寂寞

它在路途遇见其他植物
但不交谈　只是像一棵草那样走过

2015年7月26日

面试

把自己装满就出发了
一次又一次流浪　彷徨　辗转
去寻找自己的倒影

倒影在深涧　在悬崖绝顶
在暮霭沉沉的江滨　或许
镶嵌在言语碎片的表面

使用蓍草占卜　求问神明
自己倒影的去向
只是徒劳无功　没有结果

于是走南闯北　去踢馆
去别人的地盘寻找自己
去向形形色色的人讨要倒影

从别人手里接过杯盏
小心翼翼地倾倒自己
不满不敬　满溢也不敬

茅台　伏特加　威士忌
品酒人喝下酱香茅台后
说是辣椒味的绝对伏特加

这时夏天浓郁沉底
秋天从杯口漫上来
连庭园木槿都醉了

塞上瓶盖　封缄自己
开始下一段流浪旅程
从来没有回归之路

一条河流[1]的遐想

2015年7月29日

因为多次沿着河岸抵达山间卵巢[2]
所以我了解这条河
我了解河流的撒欢与沉默
了解两岸风物最浓郁之时
朴拙的水磨静置　两山间的风车优雅转动
了解七月深处美人蕉浓妆艳抹
却没有招蜂引蝶
了解荷叶田田间　芙蓉出自工笔画
删减掉蝴蝶的翅膀蜕变为蜂巢般的莲蓬
是怎样一种过程　迷人而沧桑

无数次使用双手触摸流水
涤净尘埃　污垢　辛劳和悲伤
所以我了解它们
了解手指长短排序　了解
指间的亲昵　依赖　团结以及
嫌隙　恩怨和战争
了解手指和手掌之间
数十年的结盟　灵活与沉稳的搭配
完成对生命之河的疏浚

① 小车河（南明河上游的主要支流）。
② 小车河湿地公园为沿小车河狭长布局的公园，在群山之间。

了解指纹分叉　然后各自走向掌控之外

在河流源头遇见雨　浇灭了什么
又仿佛浇醒了什么
我遇见自己　站在河岸的一棵树下
回首过去　然后让彷徨覆盖头顶
这时我有不确定不了解的东西
对岸半坡紫色　曾经婚纱盛开于其上
我不确定　那是否是薰衣草
不确定是否忆及某人和某段爱情
不确定回转之时
遇见的是否是同一条河流　同一个自己

风吹夏天（其一）

2016年6月28日

在高原　我有一段亘古的迷离
被风吹起　生命像星云卷起漩涡
像喀斯特地貌　奥秘起伏无边
天地间气息流动　是谁在絮语呢喃?
风叩响石头　是不是神圣的启示?

在高原　风太多情

将满树玉兰吹落　一瓣瓣慎重而皎洁的相思
长出蝴蝶的翅膀　飘飞在黄昏笼罩的湖畔
风吹过落日　余晖缥缈
那是一首诗　甜蜜的忧伤

在高原　风吹动蝉翼
吹进协奏曲的第三章　整个夏天开始奏鸣
云朵不知想起了什么　开始跳荡
暂时拐出浮世尘垢　款步梦幻的曲调
仿佛举杯　喝掉一条溪河那么沉醉

在高原　我把沉睡的梦想种在风里
风会让它苏醒　长满绿色的阳光
我把红樱桃攥在手里　那是浪漫的誓言
让甜蜜渗入指纹　变成血液
我只想风餐露宿　听风吹过夏天

风吹夏天（其二）

气流从印度洋启程　翻山越岭
抵达这高原高处　微微地喘气

梳理草木的长发　她还有很多支舞没跳
爵士舞　探戈舞　印度舞　中国古典舞
随意变换身姿　婀娜旖旎地穿过墙角翠竹丛
那脆脆的喧响　是说给谁的情话?

清凉直透肺腑　像信徒接受圣水的洗礼
温润渗浸灵魂　像爱人的唇吻遍全身

夏天变得轻软　变得薄而透明
系在女孩的短裙边缘
她们花颊的潮红　风一抚摸就舒畅了
爱人的手　可以抚平最深的秘密

在风里　有无数句子语序被打乱
组合起来　正好适合咏叹

2016年6月28日

水杯里落满尘埃

一只水杯，能藏纳什么乾坤?
不过是，父亲用它喝下六十多年辛劳
然后用七窍吐出鲜血
母亲用它灌下半吨西药和半吨中药

滋长十年不治之症
我用它，倾倒悠长醇厚的五千个世代
和一万多个灰暗的庸常日子
一只水杯轻盈，如一枕晓梦
却荡漾着宿醉
很多时候不是烈火，就是冷霜
有时，当蓝鲨跃出海面
噬我以巨齿，在极端兴奋中
我也会用水杯舀来梦幻
饮尽长江，又盛满银河
洒干瀑布，再注入波涛
未预期，劲风突然来了
将满地尘埃刮入杯中，然后倾洒而出
浩瀚宇宙铺开，漫天星斗朗照

橘梦

遇见橘林　在江南偏南[①]
借阴凉小寐　簌簌阳光抖落梦里
听见橘子窃窃私语——

① 温州。

2016年7月4日

台风每年洗礼一次　类似刮骨疗伤
鼓词自有腔调　婉转于天南地北
言谈始终不离爱和悲悯
盈盈清泪终于被忍住
不再谈及誓言　也不自比星空
若有月亮坠落　也不会谣言四起蛊惑人心

橘子　捧出圆滚滚的心来说话
吐着橘红色的言辞
把柔软丰满的维生素 C 交出来
把浸透酸汁的想法说出来
彼此都明白　绝对的甜蜜只是虚妄
惹人蹙眉的酸　思念会更持久
还要留下白金色肺腑
练习胸怀的吞吐

有橘子俯身至我耳边　低语——
用橘皮建造村庄吧
以橘络缝补衣衫
让门扉沾染青苔　敞开　阳光倾泻
向着温暖生长

然后　一粒橘子滚过河心
飞上岸　击醒一群打盹的白鹭
翅羽扑刺刺地响起　江南也醒了

阳光恍惚　向西斜移了好几米

在天龙屯堡[①]

六百年前　我执一页素笺出征
从北到南　赴那与你的盟约
偕行的是谁　我早已遗忘

将军令落地生根
在这荒烟蔓草中　勇士的乡音受潮
发了芽　盛开着远年的余韵

我知道流光漫长　所以戴上面具
隐去形容　在一出戏中念你
筑苍古的石墙阻挡相思蔓延

屯堡太厚　而六个世纪太久
枯等到我的肉身化作一块僵石

2016年8月13日

① 600多年前的大明初年，朱元璋派兵南征入黔，后屯戍于贵州安顺一带，成就举世闻名的屯堡文化。屯堡人筑石屯而居，保留着古老的习俗，戴傩面具，跳地戏。在天龙屯堡古镇，听到老人说“屯堡话”，遇见一个温婉的姑娘，故作此诗。

封禁着微温的魂魄　等你来撷取

六百年后　你踏着怯怯蛩音来了
一抹腼腆裹在残冬的雾里
一缕清梦飘过泛潮的青石板街

我在梦的远处凝望你
你再穿不过六百年时光之镜认出我
轻掩指间的素笺　簪花字迹也已模糊不清

访云鹫山寺[①]

2016年8月20日

一级级佛偈从高天悬垂而下
我不是修行者　却步步修行而登顶
山门无言　我穿过时
头抵胸腔　心是空旷的
仿佛佛庭般寂静
是千年以前　佛陀铺设的
最好的道场

① 云鹫山寺位于贵州安顺云鹫山上，寺因山得名。1月9日访寺，根据金钟序介绍，该寺建于元朝末年，距今已有7个多世纪。

那一方写满绿意的古石
是佛陀的心脏
静默是佛　搏动亦是佛
生死不过是刹那轮回　一念勘破
伽蓝殿无人敲响木鱼　不闻佛声
我不穿僧袍　不打坐
只从袈裟下取出舍利子
参禅　却什么也参不透
老尼经过厨房　瞥了我一眼
水声喧响　那定是醍醐自佛经中流出
僧寮安静着　沉沉暮色流转
缓缓滑过钟亭悬挂的千斤金钟
那一小段序言[①]证明
七百年烟尘　已从佛经中过滤
我不敢去撞响它
怕吵醒山下的屯堡故事
乱了这场平铺直叙
下山时　在半山遇见几个尼姑
她们含佛沉默　我亦不语
或许是因为　今世
我步入佛门　却不遁空门

---

① 云鹫山寺顶有一座悬挂的古钟，曰金钟。《金钟序》说云鹫山寺始建于元末，已有七百余年。

家乡风物

2016年8月24日

深入大山，天升高了百丈
云翅雪白，闲逸如禅心无痕
松针落地时，被风听见
那紫色的小花朵，随藤蔓往上爬
要爬上十五岁少女的姣颜

我是一只无名山雀
衔一束幽兰空谷而舞
知了热情献唱，终不及
啼啭呖呖传自画屏
那是我的爱侣含山泉恰恰

把乡音嵌在诗行
雨的韵脚依旧绵长
斜阳的步履绕过竹林
藏进忽地笑殷切的蕊心
而彩蝶的香吻落在少女的短衫

白茅摇曳着一坡柔情
没有红豆作定情信物
我便送你一把火棘果
那因熟透而绯红甜蜜的心啊

为你收藏下，整个江山

后记：
8 月 15 日独自上山寻找兰花，发现家乡的山上有着众多原本不曾意识到的美丽事物。

南浦路

2017 年 8 月

从彩虹桥俯下身来
抵达人间
在人间，该怎样像一只离巢的麻雀
抵达未来？

南明河在左侧绵延不息
轻吐着万世不朽的水声浪语
直到星月升起，彩虹桥牵引着绚烂
升到梦幻之巅

右侧呢？大白鲨鱼巷没有鱼汛
只有小卡车满载无头猪尸
每天驶进来一次
是谁，暗中豢养大白鲨？

花店换了又换

咖啡馆几经搬迁

花店里的姑娘未等来邂逅

咖啡馆的服务生尚未完成最好的调制

一直守候着南浦路的棕榈

可知他们都去了哪里?

四月那场冰雹已经远了

香樟树叶满地破碎

如今再无半点痕迹

就算无法抵达未来

可每一步，都悄然迈向变迁

往返于途的

是时光

花溪

2017年8月

多美的名字

燕子俯身一吻

情定了整整一方十里河滩和一座花溪公园

经年的思念经行高原

在红枫湖与百花湖之间迁延
眼泪深切重峦翠屏
在天河潭形成一叠又一叠瀑布
每一滴清澈，彻夜不眠
明月涌入，照见寤寐所思

芦苇和高草掩映
据说有星星从银河坠落
成为虫唱鸟鸣
布依女郎沿河摇曳而来
跳完花灯戏，她依然没有卸妆
蓝喉太阳鸟掠过她的发梢
飞入花田，不知将哪朵花当作归宿

幽径独行，与爽爽的清风对话
句句都是肺腑之言
七经八络说了个通透舒泰
红花石蒜张举火红的龙爪
抓不住一丝一缕
为挽回颜面，变作礼貌的致意
风却并未在意
早已穿过廊桥
低低地疾驰过弥望的稻田
霎时又电掣而来，撞了满怀
每寸肌肤都发出鞞鼓之声

微雨的时刻
在移植的布依廊下小憩
阅读石碓、粗瓢、木桶……
轻轻回到布依人家
转出门槛
花溪变作温润的珠玉在青石上滚动
水车作为一种意象
带动花溪在诗行里优雅地旋转
打湿了韵脚

2017年8月

阳明祠

峰如芙蓉，怀抱幽寂
石阶上飞花碎影
是哪位先圣咏罢的只言片语
还是扶风寺遗落的禅韵？

柏树高植，睡莲低卧小池
石麒麟俯趴在苍古月门下
一副得道模样，一任青苔长满全身
是谁的教化之功？

如今，尹道珍拍落汉时烟云
坐定祠中千古
德兼教养，学启南荒
廊桥四合回环
紫色梧桐花穿飞而落
乡贤雅聚，花事轮回却不散场
步入的寥落游客
谁看穿了春秋，直达冬夏？

松巅阁的飞檐上
红嘴蓝鹊梳理彩凤之羽
亮出鲜艳的唇舌，声声远啼
却也讲不清王阳明的旧事

斑斓的历史线索
如同朝服盛装上的刻线
串联着思想的火焰
燃烧成无数朵桂花
幽香顺光阴而来，直达今朝明日

讲堂门扇落下点点尘埃
时光之马穿过阳明洞
又电光石火而回
或许是银杏指引你悟道
却由石榴结出心学之果

门下旧廊里
银发老人捧出少女心思
对老伴的娇嗔留有当年的妩媚
镜头前，夕阳透过树影
风拂动了斑驳，她才肯绽开灿烂

毕竟，今人不是古人
却沿着古人的履印而来

2017年8月

弘福寺

菩提树下，她转过身来
阳光溅落盘山石径
几星子光斑在她脸上盛开
那些年华就生动起来了
九龙浴佛壁前
她浮离摸佛字的人群，不远不近
她是我的一缕凡心
亦幻，亦真

在重重宝殿滞留，手中无香
心亦无佛，不磕头亦不祝拜

不颂一经不持一念
绕过下跪的香客
她静默着，轻盈如蝶
缓缓擦身而过，五百年
佛不曾有言
今世，谁与她在古寺有约?

禅院一重重
无数虔诚焚烧在香炉香鼎中
转过禅房，巨花在屋顶打坐
仿佛漫天霞彩坠落
为什么在佛门净地尽开惊艳?
拜罢的香客，被花朵打开了凡心
谁管他奇葩开于寺庙
原本该无色亦无相

观音菩萨从放生池里升起
佛光普照。尘劫已尽的鱼龟
不知是否皈依沙门，慈悲如水
曲尺桥有风
徐徐绕绕，不动声色地吹散了什么
又吹来了什么

罗汉堂跫音轻悄
仿佛漫步于寂灭

罗汉的座序被谁排定
数了第几遍才记住，那个不能说出的数字
是姻缘？
两只肩头轻碰，如两叶小舟相会
清澈从眼眸中溅起
她侧过脸来，暗中亮起光辉
出门时，我无法猜出
解签人跟她说了白雪还是晨露

孔学堂

2017年8月23日

日影倾泼下来
爬过孔子塑像，流下洁净的石阶
漫过了花溪
我仿佛看见几千年漫过去了
沉淀下来的，堆积成环伺的群山
打开群山之莲，孔学堂是溢香的花蕊
而我，是花蕊上的一只野蜜蜂

一只慵懒的蜜蜂啊
几千年太久，太辽阔
虽然一路芳菲，满眼缤纷

但飞入了传统，却寻不到回路
君不见，几多蜂蝶贪饮花蜜
醉倒在万紫千红中

请允许我收敛小小的翅膀
回到自身，起身去拜拜孔子
可孔子已走下山去
在花溪之岸慢吟：
“逝者如斯夫，不舍昼夜”
然而逝水不断，我也已经
穿过重楼，绕过亭廊，进出厅殿
在千年的记忆里穿梭
却没翻过一本书，没观过一次礼
我惜今生有所彷徨

下山路，曲廊叠径百转千回
壁画上，历代贤人一路相送
遇见古人，正是芳草斜阳时
一一作别，穿越十里河滩
我仿佛古人，来到了当下

浪子与归人

2018年2月26日

归人还是浪子?
把经年的故事带回故乡
再把故乡的疼痛带往远方
春潮要起了
帆船的帆还低垂着

浪子还是归人?
来去已蹚平陡峭的岁月
将青春踏成了泥污
春草已生了
车驾的钥匙被谁拔走?

年年是那三文鱼溯河洄游
岁岁是那蓑羽鹤越冬迁徙
乡愁却似春花赶趟儿
春风一吻　便即姹紫嫣红
游蜂飘蝶　怎不闻讯而至?

山河万里　就折叠再折叠
叠入一枚车票
可聚缩了山河的车票太沉
难以举起　且有风云滚过

风云抵达处　可是故乡？

举票为滑板的归人
转身即是浪子

红色气球

2019年4月26日

将这一生所受的气
全都存储起来
闭口不言人世悲辛
让自己获得飘浮之力

多么身不由己啊
风往哪个方向吹呢？
飘飘转转　浮浮离离地
滚过繁忙的大街去
轻盈　是风的抛举
离乱　是风的残忍

红色的血痕太弯曲
说不好，是从一场婚礼
带来的喜气

也可能是，对孩提时代的
殷殷回忆
——可终究要消逝
埋葬在几行诗的起始

在滚滚车轮间闪躲游移
堪堪免去爆裂之刑
是气的救赎
还是风的仁慈？

后记：
偶见一个红色气球在大街上翻翻滚滚，不知从何处而来。车辆络绎不绝地驶来，却没有一辆能压破它，因为车辆带起的风总会将它吹开。

后 记

“这岁月的风一阵紧似一阵 / 寒霜已吹落我头顶”。流年漫身而过，转眼，已是人生半途，在与诗歌“耳鬓厮磨”20余年后，虽目睹其日趋边缘化，几无立足之地，但我仍于2023年10月下旬开始整理这些“劳什子”，试图将它们排列成灯盏，并一盏一盏点亮，证明这凉薄而昏暗的岁月里仍有些微弱的光在闪烁。没承想，诗集整理完成，已是2024年2月；而且整理后留下的作品，足有两部诗集的容量，几经犹豫，只能硬生生将编排成一部的诗集拆开成两部，一部名为《流年心灯》，另一部名为《镜·流年》。

年华盛开，瞬即败亡，似刹那浮花。夫子云：“逝者如斯夫，不舍昼夜。”这种流逝感，于我而言似有切肤之痛，甚至刻骨铭心；可我仍是懒散之人，一边伤感于尺波电谢，一边浪掷岁月之花。所以很久以前，我就将“流年”确立为系列作品之名，诗集《流年心灯》便是其中一部。

在文字的撕裂感中孤独地行走，独学而无友。“孤独，是诗的神性，是最撩人的火焰！”诗的火焰自初中时代就开始焚烧我。那时把诗当日记写，作品数以千计，却如草芽难辨经络，故未能收入集子中。数年稚子学步，至2004年上高中时才有些山间野草之姿。野草微贱，却也能造就一小片风景，校刊且舍得版面刊发我的个人诗歌专集。我跟同桌白昌科成立诗社，举办诗会，还将我的诗歌誊抄到小册子上交给学校老师谋求出版——这一愿望直至20年后的今天才算结了青涩之果。为此，我成了校园受人瞩目的“名人”，“传说”四布，副校长赠我以个人诗文集，校长也在课堂上举我为例加以鼓励。

“六月雪一会儿就开了”。2008年，炼狱般的高中时代结束，诗也上了一个新台阶。升入大学后，我加入全国百佳文学社团，引起小小的轰动；做客校广播电台，分享写作的种种；主持由数十所高校在校生参与的文学交流会……学院网站欲给我开设个人专栏，新社团纳新也以我为宣传点，说不上意气风发，却也有青春的张扬。至2010年，基础似有巩固之势，于是对早年作品进行了一次大面积修改。其后主要进行长篇小说、散文等的创作，诗歌写作减少，但偶有诗歌作品见诸报刊。

2012—2013年几无作品留存，当是个人兴趣转向了流行乐的词曲创作。2014年复归诗歌创作，虽加班严重，却也常坚持深夜写作。2015—2016年，我的诗歌创作进入高峰期，《500行诗：写给母亲》便写于此时期。

在生命的流变中，没有物事一成不变，人亦随流而非。2017年，我加入省作协；2018年，母逝，此生之痛无诗可表，故无只言以慰母亲亡灵。2017年或2018年，因不慎将存有存稿的U盘扔进洗衣机，部分稿件再无法找回，另一些幸存稿则失却具体时间记录，只记得大致年份。

诗写至2019年上半年，便鬼使神差地停了下来！即使如此，出版诗集之心复萌，于是，我于2020年3—4月“重整山河”——从头修改诗作，奈何疫情突如其来，只好作罢。

后兴趣转移至箫制作，因为多年前箫在记忆中留下的委婉多情的声音，再次征服了我。这一“转移”便是多年，直至2023年10月（甚至可以说至今），这期间，我的诗歌创作处于真空状态。曾惊讶于某些著名诗人说中断写作多年，后于某年回归诗坛，未承想自己亦复如是。

2023年冬，沉吟多年后，我终于开始着手整理作品。其实岂止于整理，而是又一次大规模修改行动：有只改动个别字词和一两句的微改，有改动几句乃至近半数的修改，有的改动了百分之七八十，也有从头到脚换了新貌重写的。2014年前的作品，全都难逃“劫数”。再加上有改完后的取舍、编排、拆分，一趟下来，竟花费了近4个月的时间。流年偷换，不近人情，因此我坚持在诗末续接上“时间的尾巴”。

感谢青年诗人、作家、文学评论家黄成松兄赐评论稿，他以评论家的“火眼金睛”提出了一些独到的见解，足见功夫了得；感谢青年画家、副教授江玫女士为本诗集绘制封面，她毕业于四川美术学院，主攻水彩画，画作兼有先锋性；感谢梁瀚泽兄题写书名，他曾多次获得国家级、省级书法竞赛奖，书法功底深厚，深得传统书法三昧；感谢万及兄为本诗集提供设计支持，他从事平面设计十余载，在设计上有很多独到的见解。特此感谢编辑刘向辉兄，有他的支持，本诗集方得以出版；也十分感谢责任编辑张芊老师，她功底深厚、严谨细致，纠正了许多差错，并以“长着‘钻石孔眼’的人”对我进行鼓励，让我感动又惭愧。还要感谢吾妻陈飞飞女士，她没有浇灭我心中那一盏微弱之灯，而是帮我上罩护光，实属难得。

诗集整理完成后，惰性复燃，“后记”这扇门迟迟未能推开。但某些事、某些生命的历程总要完成，因此忙中落笔而成，是为记。

2024 年 9 月